미술치료사가 들려주는 미술의 힘

미술치료사가 들려주는 미술의 힘 ⓒ 박승숙 2001

• 초판 1쇄 발행 ∣ 2001년 7월 5일
• 초판 4쇄 발행 ∣ 2009년 8월 18일

• 지은이 ∣ 박승숙
• 펴낸이 ∣ 이정원

• 펴낸곳 ∣ 도서출판 들녘
• 등록일자 ∣ 1987년 12월 12일
• 등록번호 ∣ 10-156
• 주소 ∣ 경기도 파주시 교하읍 문발리 파주출판단지 513-9
• 전화 ∣ 영업 : 031-955-7374 ∣ 편집 : 031-955-7382 ∣ 팩시밀리 : 031-955-7393
• 홈페이지 ∣ www.ddd21.co.kr

• ISBN 89-7527-240-0 (03180)

미술치료사가 들려주는 미술의 힘

박승숙 지음

들녘

들어가는 말

이 책은 미술치료사로서 미술의 치유적인 힘에 대한 나의 신념을 밝힌 것이다. 미술치료학 석사 학위 논문을 쓰기 위해 연구했던 오토 랑크(Otto Rank)의 이론을 토대로, 미술의 진정한 역할이 무엇이며 창조자 개인에게 끼치는 그것의 심리적인 효과는 어떤 것인지를 나름대로 설명해보려고 노력했다.

이 책의 특징은 각 장마다 전개되는 이론들을 뒷받침하기 위하여 나의 개인적인 이야기와 그림들이 삽입되어 있다는 것이다. 나 스스로 가지고 있던 삶에 대한 질문들이나 고민, 그로 인해 극복해야 했던 정신적인 붕괴와 임상적인 증상들을 고백하면서 어떻게 내가 미술의 치유적인 힘에 의존했는가를 설명하고 있다.

물론 함께 작업을 했던 환자들의 케이스를 실을 수도 있었을 것이다. 그러나 도서출판 들녘에서 나온 『미술치료사가 들려주는 정직한 미술치료 이야기』가 환자의 케이스를 다룬 이유로 여러 가지 논쟁에 말려 결국 저자인 내가 스스로 책을 회수했던 경험을 생각해본다. 아무리 좋은 의도에서 쓰여졌다 하더라도 그것이 약간의 가능성으로라도 내가 진심으로 가슴 아파했던 환자를 가슴 아프게 하는 일이라면, 그것은 내 신념에 어긋나는 일이 된다. 그리하여 대신 여기 나 자신을 하나의 실례로서 공개한다.

그러나 군이 나 자신의 이야기를 하는 데에는 단순히 그 이유만이 있는 것은 아니다. 여기 내가 공감하고 확신을 가지고 있는 이론들은 나 자신의 삶으로부터 배태된 질문들에 대한 어떤 해답을 찾아가는 속에서 자연스럽게 흡수된 것이다. 나는 그 경험과 지식의 여정을 독자들에게도 보여주고 싶었다.

어느 이론이든지 이론가의 세계관과 삶에 대한 태도가 반영되지 않은 이론은 없다고 본다. 이론이 그 이론을 뒷받침하는 사람들의 삶과 경험들에 무관한 것이라고 한다면 그 이론은 설득력을 잃는다고 믿는다. 순수한 학문의 즐거움만으로 이론을 찾고 발전시키기에는 우리의 세상은 너무도 답답하고 복잡하다. 삶도 우리에게 너무 잦은 절망과 가슴앓이를 안겨준다. 만약 이론이 그러한 상황들, 그러한 상태를 정리해주거나 완화시켜줄 수 없다고 한다면, 나는 왜 이론을 공부해야 하는지 그 이유를 찾을 수 없다. 내가 미술치료를 공부하게 된 경위도 그렇고, 미술치료에 아직도 적을 두고 있는 지금도 그렇고, 내게는 개인적인 이유와 이론적인 이유가 있었다. 이 책은 그 이유들을 들려줄 것이다.

사실, 미술만이 내가 치유될 수 있도록 도운 것은 아니다. 운 좋게 내가 만났던 모든 사람들, 운 좋게 내가 접했던 모든 이론들이 나의 치유적 과정에 서로 얽혀들어 그를 가속화했다. 물론 그러한 내 자신의 이야기를 고백하는 데는 커다란 용기가 필요했다. 결국 나의 치부를 드러내는 일이고 동시에 나의 약점들을 세상에 알리는 일이기 때문이다. 더욱이 거기에는 몇 가지 더 골치 아픈 문제들이 있다. 자신의 아픈 과거를 돌이켜보면서 감상주의에 빠질 수도 있고, 낭만적으로 그 아픔을 과장할 수도 있고, 아니면 이야기하려는 이론이 지나친 주관성에서 나온 것이라는 인상을 불필요하게 독자들에게 줄 수도 있기 때문이다. 대부분의 자전적인 저작들이 한편으로는 비웃음을 받기도 한다는 것을 염두에 두며 나는 그러한 점들을 최소화해보려고 노력했다.

여러 가지로 부족한 것이 많은 글이다. 그러나 최소한 학계에 잘 알려져 있지 않은 오토 랑크의 이론들을 소개하는 것만으로도, 그리고 미술치료에서 생각해볼 만한 문제점들을 제기하는 것만으로도 누군가에게 이 글이 도움이 되지 않을까 하여 용기를 내본다.

2001년 6월
모두가 평온하게 살 수 있는 세상을 꿈꾸며

차 례

제1장

무엇이 우리의 현실인가?

하나의 현실만을 강조하는 데서 오는 문제

현실 Outer Reality

사람들은 말한다. 현실을 똑바로 직시하라고. 혹은 묻는다. 너는 왜 그렇게 현실 감각이 없니? 그러곤 웅얼댄다. 이제 다시 현실로 돌아왔다고.

수많은 사람들이 저마다 표현하는 이 '현실'이란 말처럼 애매모호하고 그 대상이 분명치 않은 말도 없을 것이다. 그럼에도 그것이 무엇을 가리키는지 서로 너무 뻔하게 잘 알고 있다고 생각하면서 우리는 그 말을 아주 용이하게 쓴다. 도대체 무엇을 가리켜 우리는 현실이라고 하는 걸까?

사전을 보면 현실(現實)이라는 것은 이렇게 정의된다.[1] '바로 눈앞에 사실로서 나타나 있는 사물이나 상태'. 좀더 철학적으로 말하자면, '가능적 존재에 대한 현재적(顯在的) 존재, 또는 생각의 대상이 되는 객관적이고도 구체적인 존재'.

일상적인 언어로 정의된 첫 풀이를 보자. 여기서 '현실'이란 실제로 있거나 있었던 것이지만 그것이 '눈앞에 나타난' 것이라는 지적에 우리는 주목해야 한다. 물리학적으로 따지고 들면 실제로 존재하는 모든 것들은 사실상 지각이 불가능한 원자나 광자 혹은 미립자 등으로 존재하지만, 우리는 지각이 가능한 분자의 덩어리나 어떤 내부 구조를 가진 형태로서만이 그들을 파악한다. 우리는 사실 실제 존재하는 그대로를 알 수 없다. 그것이 어떤 모습으로 어떻게 거기에 있는지, 그리고 그것의 진짜 정체가 무엇인지를 알 길이 없다. 우리는 우리의 눈을 거쳐 혹은 다른 감각 기관들을 거쳐 그것들을 지각하고 인지할 뿐이다. 세상은 우리가 구조하는 대로 존재함에도, 우리는 우리가 지각하고 인지한 세상을 거기에 객관적으로 존재한다고 상정하고 역으로 다시 모든 논의를 거기서부터 출발시킨다.

똑같이 객관적으로 거기에 있는 물리적 존재임에도 인간이 아는 세상과, 예를 들어 고양이가 아는 세상은 다르다. 지각 및 인지 심리학 등의 성과를 보면 하나의 감각적 자극을 처리하는 방식은 종(種)마다 다름을 볼 수 있다.[2] 그것은 서로 다른 종들 간의 차이만은 아니어서, 예로, 태어날 때부터 시각 장애인인 사람이 아는 세상과 일반인들이 아는 세상에는 큰 차이가 있다. 뇌에 손상을 입은 사람, 혹은 정신적 문제가 있는 사람도 우리와는 전혀 다른 세상을 경험하고 있을 수 있다. 그런데도 우리는 자신이 보고 듣고 느껴서 아는 현실이 다른 이들에게도 그대로 적용된다고 너무나 쉽게 생각해버린다.

어떤 것을 지각하여 그것이 무엇이다라고 인지하는 데는, 순식간에 일어나는 것이기는 하지만 아주 긴 절차가 있다. 시각만을 예로 들어보아도, 눈이라는 감각 수용기관에서 빛으로 받은 정보를 망막에 옮겨 시신경으로 전달하는 지각 과정과 그 정보들이 다시 신경섬유들을 따라 수많은 단계를 거쳐 구별되고 선별되고 재종합되면서 뇌에 이르게 되는 인지 과정에는 길고도 복잡한 절차가 관여한다. 문제가 되는 것은 애초에 바깥 사물로부터 반사되어 들어온 신경자극이 뇌에까지 도달하는 중에 상당 부분 소실되고 무시되고 선택된다는 데 있다. 우리의 신경들은 받아들인 전파의 어떤 부분에 흥분을 하기도 하고 안 하기도 하고, 또 과정의 각 단계마다 흥분을 한다 해도 특정한 방식으로 반응하여 자극들을 정보화한다.

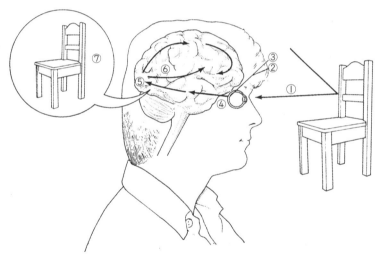

도판 1 : 인지 과정 도해[3]
① 빛이 의자에 반사된다. ② 그 반사된 빛이 눈에 들어와 망막에 하나의 상을 맺는다. ③ 망막을 자극한 빛은 수용 세포들에 전파를 일으킨다. ④ 신경자극은 신경섬유들을 따라 여행을 한다. ⑤ 신경자극이 결국 뇌에 도달하면 ⑥ "정보처리"가 되어 ⑦ 사람은 의자를 '본다'.

물론 책 한 권의 분량을 훨씬 넘어서는 이러한 지각과 인지의 복잡한 과정을 여기서 설명하려는 것은 아니다. 하지만 그 신비로운 전체 과정을 슬쩍 엿보기만 해도 우리는 하나의 객관적 사실로서 우리 앞에 존재하는 현실이 결국엔 우리의 구조대로 선별되고 재종합된 우리 내면의 산물이라는 것을 알 수 있다. 〈도판 1〉에서 우리가 대하고 있는 의자가 우리 머릿속에서 '보았다'고 생각하는 그 의자와 반드시 동일한 것이라고는 확인할 길이 없다. 그냥 우리는 동일한 것이라고 가정하는 것뿐이다. 그리고 다른 사람들도 그것을 동일하게 보고 그에 대해

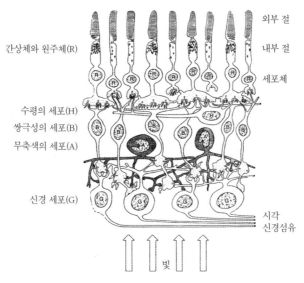

도판 2 : 영장류의 망막 단면도[4]

여러 종류의 시세포들을 통해 수용된 정보는 또 다른 군의 세포들로 옮겨지고 또 다음 단계의 세포 군으로 옮겨지면서 선별되고 재흡수되어 시신경으로 넘어간다. 신경세포와 세포 간의 축색돌기 사이에서는 전파가 화학물질의 형태로 발사되어 전달된다.

같은 식으로 떠들고 있는 것이라고 믿는 것뿐이다.

현실의 문제는 앞으로 이 책에서 이야기하고 싶은 미술의 세계와 인간의 심리를 이해하기 위해 한번쯤 생각해보아야 할 문제이다. 그렇다고 여기서 객관적 사실이란 것이 존재하느냐 안 하느냐의 귀찮고도 위험한 논쟁을 하려는 것은 아니다. 누구나 비슷한 방식으로 공유하고 있는 객관적 현실이 존재한다는 대전제적 가정이 무너지면 암암리의 약속들에 기반을 두고 있는 우리의 삶도 그 기초부터 무너지는 것이기 때문이다. 하지만 우리 모두의 머릿속에서 재생산되는 현실이 외부적 현실을 보편적 그리고 절대적으로 반영한 것일 거라는 믿음은 수정되어야 한다. 저기 우리 밖에 객관적으로 펼쳐져 있는 세상이란 개개인이 '경험'하는 세상일 뿐이다. 그리하여 같은 종인 인간들 사이에서도 현실에 대한 감각과 인지에는 개인적인 편차, 개별적인 특수성이 얼마든지 있을 수 있다.

지각 및 인지 심리학자들은 흥미롭고 다양한 실험들을 해왔는데, 그 중에는 물리적·객관적 대상으로서의 세상에 우리가 어떻게 의미 구조를 부여하여 우리 자신들의 현실로 만드는가를 보여주는 예가 많다. 물론 여기서 현실은 우습도록 단순한 실험용 그림으로 제한되어 있지만 말이다.

예로, 〈도판 3〉[5]은 애매한 그림이다. 어떤 사람들은 그것을 쥐라고 인지하는가 하면, 어떤 사람들은 사람 얼굴 같다고 보기도 하며, 또 어떤 사람들은 한편으로는 쥐 같기도 하고 한편으로는 사람 얼굴 같기도 하다고 말한다. 그런데 〈도판 4〉를 보여주고 나서 〈도판 3〉을 보여줄 경우에는 거의 모든 사람들이 쥐라고 확신하여 말한다. 반면 〈도판 5〉를 보여주고 나서 〈도판 3〉을 보여주면 대부분

도판 3[5]

의 사람들이 분명한 어조로 사람 얼굴이라고 말한다. 여기서 우리는 〈도판 3〉이라
는 똑같은 물리적 실제를 놓고 그 사람이 앞서 어떤 경험을 하였느냐에 따라 그것
은 쥐 또는 사람 얼굴로 완전히 다르게 경험이 되는 것을 볼 수 있다. 물론 인간이
라는 종(種)으로서의 특수성은 쥐나 사람 얼굴 이상의 것들을 보게 하지는 않지
만 말이다.

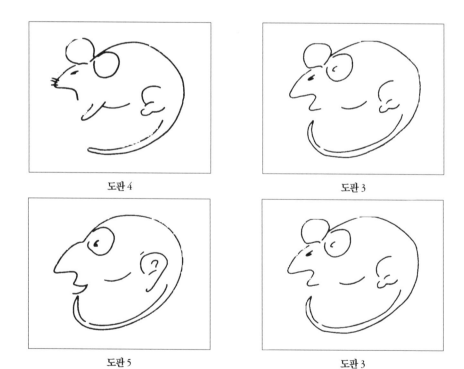

도판 4

도판 3

도판 5

도판 3

도판 6

비슷한 예로, 〈도판 7〉을 먼저 보여주고 〈도판 6〉[6]을 보여주면 사람들은 대부분 〈도판 6〉이 얼굴을 돌린 젊은 여자의 모습이라고 말할 것이다. 반면 〈도판 8〉을 보여주고 〈도판 6〉을 보여주면 똑같은 그림임에도 불구하고 그것은 어느새 늙은 매부리코 할머니의 얼굴로 변해 있다.

앞선 그림들보다 조금 더 복잡한 대상인 〈도판 9〉[7]는, 우리가 실제를

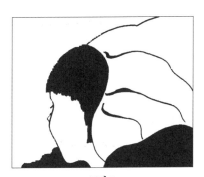

도판 7

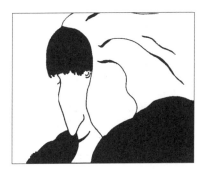

도판 6

도판 8

도판 6

경험할 때 거기에는 표면적인 경험과 심층적인 경험의 서로 다른 수준이 있을 수 있다는 것을 암시해준다. 첫눈에 이 그림은 전경에 나무와 꽃과 새들이 있고 저 너머에는 산 등성이가 보이는 하나의 풍경으로 인식되지만, 조금 더 주목해서 보면 그 위로 F라는 알파벳과 함께 프랑켄쉬타인의 어눌한 얼굴이 떠오르는 것을 감지할 수 있다. 물론 만화나 삽화, 영화 등에 자주 나오는 전형적인 프랑켄쉬타인의 얼굴을 한 번도 본 적이 없는 사람이라면 그 같은 심층적 지각은 불가능한 일일 것이다. 현실이라는 것은 결국 개인적인 과거의 경험뿐 아니라 문화적인 학습에 의해서도 달리 비춰질 수 있기 때문이다.

도판 9 : 모노그램, 머시(Merci) 작

문화적 학습의 영향을 단적으로 보여주는 또 다른 예로 원근법에 관한 실험이 있다. 원근법에 대해 알고 그를 이용한 많은 이미지들에 줄곧 노출되어 온 우리는 〈도판 10〉에 묘사된 상황을 곧바로 읽어낼 수 있다. 평야에서 사냥감을 향해 창을 겨누는 남자. 그런데 이 그림을 케냐의 원주민들에게 보여주면 열 명의 아홉 명은 그림의 상황을 전혀 파악하

도판 10

지 못한다고 한다.8) 사람이나 나무, 동물의 각각의 형태는 무엇인지 인식할 수 있지만 그것이 어떤 장면인지는 읽어내지 못한다는 것이다. 우리가 너무나 당연한 것으로 생각하고 있는 원근법은 사실 르네상스 이후로 인위적으로 고안되어 훈련된 하나의 시각 방식일 뿐이다. 결국 우리는 문화적 약속과 학습을 통해 똑같은 실제를 어떤 특정한 방식으로 현실화하고 있다고 말할 수 있다.

이제 우리는 눈앞에 실제로 있는 혹은 벌어지고 있는 것이 개인에 따라, 시대에 따라, 그리고 문화에 따라 얼마든지 다른 형태로 우리의 내면에 현실화될 수 있다는 것을 알았다. 이제 국어 사전의 두 번째 정의로 다시 돌아가보자. 현실이란 무수한 가능적 존재들 중에서 단지 내 눈앞에 나타난 실제, 혹은 내가 속해 있는 이 사회와 문화 속에서 약속된 대로 나타나는 실제일 뿐이다. 그렇다면 현실이란 단 하나의 것이 아니라 얼마든지 복수로 존재할 수 있는 것이 아닌가.

현실들 Inner Realities

이 절대적인 객관적 현실에 대한 믿음이 흔들리기 시작한 때를 우리는 포스트 모더니즘이라고 부를 수 있을까. 보편성에 대한 확신이 하나의 현실을 획일적으로 강요하는 권력자들의 횡포로 비판되면서 이제 세상은 독특한 개별자들의 상대성에 대한 주장으로 가득 차게 된다. 흑인 운동, 여성 운동, 게이 운동 등 사회적으로 그것은 권력 밖으로 밀려나 있던 아웃사이더들의 인권 운동으로 진행되었고, 학문적으로는 해체니 전략 비판이니 하는 단어들을 유행시켰으며, 예술계에서는 일관성 없는 짧은 유행이나 현상 등의 남발로 이어졌다. 정상과 비정상을 체계적, 과학적으로 구분하려고 노력해온 정신의학의 역사도 푸코 같은 이에 의해 이성(지식)과 권력이 교묘하게 결탁해온 역사의 한 단면으로 분석되기에 이르렀고,9) 하나의 올바른 또는 정상적인 현실을 기준으로 하여 그에서 벗어나려는 모든 길

잃은 현실들을 '수정', '치료' 하려는 정신치료학계에도 점차 새로운 반성의 시각이 보태지고 있다.[10]

　　사실, 정상과 비정상을 하나의 긴 스펙트럼에 놓고 본다면, 지나치게 정상적인 사람과(그런 사람이 있겠는가마는) 지나치게 비정상적인 사람은 어쨌거나 그 구분이 용이할지 모르겠다. 사회를 유지시키고 발전시키기 위해 다른 사람들과 공유하고 있는 모든 약속들을 완전히 무시하고 아무도 이해할 수 없는 외딴 현실에서 홀로 사는 사람이라면, 인간은 사회적인 동물이라는 대전제하에 그를 스펙트럼의 이쪽 끝에 위치시키는 데는 큰 망설임이 없을 것이다. 그런데 문제는 우리들처럼 그 스펙트럼의 중간쯤에 몰려 있는 사람들이다. 어디를 어떻게 잘라 우리(정상)와 너희(비정상)로 나눌 것인가?

극히 정상			극히 비정상

　　1974년 미국 정신의학계는 동성연애를 더 이상 정신병이 아닌 정상으로 취급할 것을 표결에 부쳐 통과시켰다. 이전까지 동성연애는 '성적 도착(sexual deviation)'으로 취급되어져 왔으나, 변화된 사회의 이데올로기는 그를 또 달리, 가능한 형태의 정상적인 성적 행동으로 재규정하게 된 것이다. 이 간단한 예만 들어도 우리는 스펙트럼의 중간을 가르는, 정상과 비정상의 경계선이라는 것이 얼마나 자의적인 결정인가를 엿볼 수 있다. 그리고 사회 전체에 엄청난 영향을 끼칠 그 구분선이 누구에 의해 어떻게 결정된 것인가를 보면 우리의 두려움은 더욱 커진다.

사회에서 알게 모르게 우리에게 강요하는 현실은 시대의 요청에 따라 혹은 권력층의 조작에 따라 얼마든지 변화할 수 있다. 조금 다른 이야기이긴 하지만 상업주의 측면을 예로 들자. 우리 이성의 허점을 뚫고 광고가 우리의 정신을 교묘하게 현혹하고 조작하는 방법에 대해 쓴 저작들을 보면,[11] 우리가 '현실'이라고 생각하는 것들을 대중매체가 어떻게 만들어내고 있는가를 새롭게 볼 수가 있다.

똑똑한 엄마라면 무슨무슨 분유, 무슨무슨 이유식을 24개월까지 꾸준히 먹여야 되는 것이 '현대에 새롭게 밝혀진 과학적인 현실'이다. 자기 자신을 소중히 여길 줄 아는 지적이고 당당한 여자라면 자신의 피부에 맞는 무슨무슨 화장품을 선택할 수 있어야 하는 게 '아는 사람만이 아는' 특권적인 현실이다. 또, 새로이 선전되어 보편적으로 조건화된 현실들은 이제 우리로 하여금 머리에는 반드시 비누가 아닌 샴푸만을 쓰도록 하며, 한 단계 더 나아가 샴푸—린스—트리트먼트라는, 삼 단계 현실에 철저하게 적응하게 만든다. 스킨—모이스처—아스트린젠트라는, 누구 한 사람 감히 저항하지 않는 현실의 조합도 마찬가지다. 또한 상품의 영역에서뿐만 아니라 나라의 농산부 정책이 어떻게 변하느냐에 따라 어떤 때는 보리밥을 먹어야 하는 것이 건강한 현실이고, 어떤 때는 흰 쌀밥만 먹어야 하는 것이 현실이 된다.

결국 누구나 말하는 현실이란 나의 현실이 아닐 수도 있으며, 나의 현실이 또 다른 사람에게는 적용이 안 되는 것일 수도 있다. 우리들이 말하는 현실이란 무한대로 가능한 현실의 일부분일 뿐이며, 조금만 시각을 달리 하면 우리는 '부재하고 있는' 현실들을 얼마든지 새롭게 발견할 수 있다.

도판 11

우리는 의자 하나를 바라볼 때도 자신의 지난 이야기로 연상되는 서로 다른 감정을 투영시켜 제각각 다른 의미를 부여할 수 있다. 그런데 우리가 생활을 하면서 보고 듣고 부딪치는 현실은 그러한 일개 대상 보다 훨씬 복잡하고 상황적인 것들이다. 현실이란 '옳다/그르다, 바람직하다/그렇지 않다, 좋다/나쁘다, 정상이다/비정상이다'로 세상사를 나누는 사회 내의 기존의 사고방식들에 다름 아니다. 보통 이야기 형식으로 꾸며져 글과 말의 설득력을 통해 구성원들 하나하나가 따르도록 암암리에 강요되는 현실은, 그것이 세상을 이해하고 세상 이치를 파악하는 유일한 틀인 양 사람들을 적응시킨다.

어차피 앞서도 동성애에 관한 예를 들었으니 여기서도 성(性)에 관한 현실을 한 번 생각해보자. 성은 때로 도덕이나 윤리 등의 이성적 억압에 맞서 자유롭게 해방되어야 할 가장 원초적인 건강한 본능이라고 여겨진다. 반면 또 그것은 인간을 인간답게 하는, 사랑과 절제와 가치에 기반을 두는 고귀한 행동으로 여겨지기도 한다. 시대와 문화에 따라 성에 대한 현실은 이러한 이중적인 의미 사이를 왔다갔다해 왔는데, 공공연하게 드러내놓고 남과 비교할 수 없는 영역인데다가 철저한 이론으로 검증될 수 있는 부분도 아니기 때문에 그것은 조작적인 사회의 이야기 구조에 쉽게 포섭되는 경향이 있다.

　　무의식의 수준에서 언제나 우리의 일상을 따라다니는 프로이트식 성욕의 개념이 끼친 문화적 충격을 생각해보자. 본능적으로는 아름답지만 사회의 질서를 지키고 우리 자신을 보호하기 위해 절제되어야 한다는 구성애 선생의 성교육은 어떤가. 오히려 아름다운 사랑으로 승화될 수 있도록 여러 가지 기술들을 가르치는 모 탤런트의 자유로운 섹스에 대한 고백 역시 그 시대 그 문화의 주도적인 현실을 뒤집어보려는 또 다른 현실 운동이라 말할 수 없을까.

　　성이라는 은밀한 사적 영역에서 현실이라는 것은 뚜렷한 근거도 없이 무단으로 배포될 때가 많다. 몰래 훔쳐본 포르노그라피에서 배우들이 연출해내는 온갖 괴성과 몸짓으로 우리는 성적 쾌감이라는 것의 현실을 본다. 그리고 자신이 정작 느끼고 경험한 것을 무시하고 스스로가 현실에 가깝지 않음을 한탄하며 자신의 상황을 수정해야 할 필요를 느낀다. 우리가 기준으로 삼는 현실이라는 것이 포르노그라피, 영화, 광고, 문학 등의 여러 가지 의미 장치들을 통해 만들어진 하나의 이미지일 뿐이라는 것을 인식하는 사람은 적다. 그 주체가 누구인지도 명확히 파악되지 않는 그 같은 선동 기제에 휘말려 우리는 주어진 인공적인 영상이 쾌락의 현실 그 자체라고 믿고 마는 것이다. 현실이란 이렇게 교묘하게 조장되어 주어지는 것일 수 있음에도 우리가 그를 하나하나 인식하며 살기는 어렵다.

　　그러면 한 번 생각해보자. 누군가가 현실 속에서 지나치게 괴로워하고 있다. 문제는 단순히 '그'가 아니라 그의 '현실'이 그에게는 더 이상 맞지 않는다는 상태가 아닐까. 앞서와 같은 예로, 사회화 과정을 통해 자신에게 주어진 몸에 따라 사회에서 통용되는 남성성을 획득하고 표현하도록 강요받은 한 사람이 현실에서 괴로워한다고 하자. 그렇다면 그에게는 새로운 대체 현실이 필요하고, 그것은 잠재적인 많은 현실들 중에서 그 스스로에 의해 찾아질 수 있는 것이 아닐까. 그는 아마도 이미 벌어지고 있는 또 다른 현실 운동(게이 인권 운동) 속에서 자기 자신에게 적합하고 진실한 현실을 재발견할지도 모른다. 자신에게 맞는 새로운 현실을 찾아내는 것, 그리하여 그 현실에 새롭게 적응하는것이야 말로 제 3자의 개입 없이 스스로를 치유하는 길일 수 있다.

결국, 현실이란 복수로 존재할 수 있는 것이고, 사회나 문화에서 제공하고 강요하는 현실이란 오랜 세월 동안 무언가를 달성하기 위해 효과적이었던 그 하나에 지나지 않는다. 자기 내면의 또 다른 필요가 그와는 다른 새로운 현실을 요구한다면 우리는 모든 창의력과 용기를 발휘하여 자신의 현실을 새롭게 꾸며낼 수도 있는 것이다. 그리고는 세상이 그를 인정하도록, 나아가 세상이 그를 수정된 현실로서 받아들이도록 세상과 거대한 커뮤니케이션을 일으킬 수도 있는 것이다. 아니, 최소한 자신의 현실에 충실하게 살면서 세상과 적절히 타협하여 무리 없이 살아나가는 법을 배울 수도 있다. 그러나 이미 아니라는 것을 알면서도 주어진 현실을 삼키려 하는 자는 어찌 보면 건강을 담보로 하여 위험한 길로 접어드는 것일 수도 있다.

그림이 있는 나의 이야기 하나

나만의 진실을 고집하며 고립된 나

내가 미술치료를 공부하게 된 경위는 조금 길다. 그것은 주어진 현실을 부정하고 그로부터 파생된 끊임없는 문제들을 자기 비판적인 자의식으로 찾아 헤매던 내 30여 년의 인생과 관련이 있어 그렇다. 물론 나 자신의 이야기를 한다는 것은 조금 어색한 일이다. 하지만 앞으로 내가 전개시킬 개념과 이론들을 이해하는 데 나의 이야기가 조금 도움이 될 것 같다.

어릴 때부터 나는 수와 공식의 세계를 아주 편안하게 느꼈다. 과학이야말로 논리적이고 합리적으로 이 세상에 가장 이상적인 세계를 건설할 수 있을 것이라고 믿었던 나는, 그래서 아무런 망설임 없이 이과를 지망했다. 그러던 고 2 어느 날, 남들이 모두 쉬는 추석 연휴에 혼자 극장에 앉아 「그레이스 토크 : 타잔의 전설」이라는 영화를 보았다. 남들의 평이 무엇이든 그 영화는 내게 충격과 같아서, 한순간 나는 과학에 대한 나 자신의 신념이 얼마나 어린애 같은 환상이었던가를 깨닫고는 여러 날 몸살을 앓았다. 타잔으로 설정된 인물을 통해 자연과 과학이 만나 부딪치면서 인간의 행복을 위해 탐구된다는 학문이 오히려 자연을 파괴하는 상황을 보았던 것이다.

그후 나는 눈을 바깥에서 인간 안으로 돌려 대신 심리학 서적을 뒤적이기 시작했다. 수업 시간이면 책상 밑에서 몰래 프로이트의 정신분석학 책을 읽곤 하다가 선생님께 들켜 혼이 나기도 여러 번이었다. 결국 바깥 세상의 이상향을 좇기보다는 삶의 한가운데 있는 인간 주체의 건강한 이상형을 공부하겠노라고 마음 먹고 고 3때 문과로 전과를 시도했다.

하지만 심리학에 대해 잘못 이해하고 계셨던 부모님은 딸 하나 있는 것이 점쟁이처럼 "남의 사생활이나 들추어내고 꿈이나 해몽할까" 봐서 심리학으로의 지망을 격렬히 반대하셨다. 스스로에 대한 불안과 부족한 확신 때문에 더 이상 심리학을 고집하지 못했던 나는 대신 식구들 모두가 종사하고 있던 미술의 세계에 동참하기로 결정했다. 과학에서 미술로의 갑작스러운 전환은 친구들과 선생님들을 놀라게 했지만, 내게도 집안 내력인 재능이 있었던 탓에 모두들 그냥 그런가보다 했다.

그런데 시험을 치르고 접수를 앞둔 어느 날, 미술이론을 실기와 함께 병행할 수 있는 신설 과가 생겼다는 것을 알았다. 미술을 직접하기 보다는 미술을 관찰하고 공부하는 것이 더 적성에 맞겠다고 생각한 나는 마지막 찰나에 그 과에 원서를 넣었다.

미술대학에서 만나는 사람들은 모두가 타칭 반 자칭 반으로 기이한 사람들이었다. 어딘지 기질이 다르고 시각이 다르고, 아니면 그렇게 남들과 달라야 한다고 믿고 있는 사람들 같았다. 작품으로 고민을 하다가 자신의 손가락을 잘라 그것을 캔버스에 걸어 작품을 했다는 전설 같은 이야기들을 들으면서 나는 예술이 문화라는 차원 이전에 한 개인에게 주어야 하는, 혹은 줄 수 있는 것이 무엇일까 심각하게 고민을 하곤 했다. 그러면서 대학과 대학원에서 미술을 연구하고 비평하는 방법론들을 배웠다. 그러나 거기에는 늘 뒷맛이 씁쓸한 허전함이 남았다. 그것은 세상에 대해서도, 삶에 대해서도 별로 이야기해주는 바가 없었기 때문이었다. 그곳에는 만들어진 것에 대한 보는 이의 입심 좋은 의미 생산만이 있는 듯했다. 왜 손가락을 잘라야 했는지, 그리고 왜 그 손가락을 우리가 바라보아야 하는지에 대해선 아무런 해명도 없었다.

그러던 어느 날 작품을 분석하는 과제가 주어졌는데 쓸 말이 별로 없다는 식의 리포트를 제출하였다가 보기 좋게 F를 받았다. 기한 내에 다시 리포트를 변경, 제출할 기회를 얻은 나는 박물관에 가 억지로 마음에 드는 작품을 하나 골라 냄새도 퀴퀴한 구석진 휴게실에서 온갖 미사여구를 동원하여 두 번째 리포트를 작성했다. 결과는 그 동안의 나의 모든 게으름을 보충하고도 남을 최고의 성적이었고, 교수님으로부터 개인적인 격려와 칭찬까지 한 몸에 받았다. 그 일 이후 나는 예술학 공부에 관심을 잃었다. 대상 그 자체와 상관없이 얼마든지 임의로 생산될 수 있는 가치와 의미들에 몸서리를 쳤기 때문이었다.

다시 방황이 시작되었다. 하지만 '있는 그대로'의 삶에 대해서 이야기해주고, '있는 그대로'의 세상의 움직임에 대해 답을 해줄 수 있는 무언가가 이 세상 어딘가에는 있을 것이라고 나는 믿었다. 결국 미국으로 건너가 심리학을 공부했다. 최소한 심리학은 이론이기 이전에 그 연구 대상인 삶에 아주 가까이 있는 것처럼 느껴졌기 때문이었다. 하지만 과학으로는 결코 완전히 설명될 수 없는 인간 내면을 대상으로 하고 있었기 때문에 심리학 역시도 무수한 방법론들 사이에서 길을 잃은 것 같았다. 통계적 수치로 일반화되고 과학적 논리들로 분석이 되는 속에 당장 아파하고 고뇌하고 기뻐하고 행복해하는 개개인의 삶은 중심 밖으로 밀려나 있었다.

그러다가 내게 문제가 생겼다. 이전까지는 별로 들어본 적도 없는 '우울증'이란 진단이 내려졌다. 아무리 먹어도 살이 빠지고, 매일 밤 가위에 눌려 잠에서 깨고, 의욕도 없는 게 죽고 싶은 생각만 들고, 그 모두에 반항하듯 이상하고 기이한 행동들을 자주 하게 되고. 결국 나는 친구의 손에 이끌려 정신치료를 받으러 다니게 되었다. 그리고 거기에서 심리적 문제라는 삶의 또 다른 측면을 알게 되었고, 심리치료라는 문화의 또 다른 발전 양태를 보게 되었다. 미술치료라는 말을 처음 들은 것도 바로 거기에서였다.

당시 내 머릿속의 현실이란 어떤 것이었을까? T. S. 엘리엇의 「황무지」의 이미지에 감동하여 미국으로 떠나기 직전에 쓴 한 편의 자작시는 내가 보고 싶었던 현실이 무엇이었는지, 그리고 내가 실제로 받아들이고 있던 현실이 무엇이었는지를 들려주는 것 같다.

April is the cruelest month, breeding

Lilacs out of the dead land, mixing

Memory and desire, stirring

Dull roots with spring rain

Winter kept us warm, covering

Earth in forgetful snow, feeding

A little life with dried tubers.

4월은 가장 잔인한 달

죽은 땅에서 라일락을 키워내고

추억과 욕정을 뒤섞어

봄비로 잠든 뿌리를 깨운다.

겨울은 오히려 따뜻했나니.

망각의 눈으로 대지를 덮고

마른 구근으로 약간의 목숨을 대어주었나니.

다음은 T. S. 엘리엇의 「황무지」에 바치는 자작시이다.

겨울은 오히려 따뜻했나니.

공허한 인생의 의미에서

기만의 벽을 둘러치고

하루하루를 망각 속에 흘리며,

색깔 없는 아늑한 어둠

더 없이 그렇게 편안했는데,

그러나

다시 절대적인 것을 찾아

사방은 빛으로 흔들리고

사랑, 믿음, 희망

넋을 잃은 찬란함

그것을 움켜쥔 두 손이 불안하다.

마른 땅에서 흘러나오는

라일락의 생명력에 매혹되는 것도 잠깐

또다시 다가오는 겨울을 느끼며

찬란함에 대한 추억

아름다움에의 욕정

잠 깨우는 이 역겨운 향내와 봄비의 폭력에

욕지거리를 퍼붓고 싶지만

흠뻑 젖어

온 세포가 달콤함을 취하고 있는 지금,

아아

움직일 수가 없다.

이 영원한 빛을 향한 내 안의 갈구가

또다시 이렇게 기어나온다.

위의 시는 앞서 늘어놓은 나의 외면적인 방황들과는 조금 다른 이야기를 들려준다.

어느 정도 삶의 의미를 곱씹을 수 있는 나이가 되었을 때부터 계속해서 내게 반복해서 돌아오곤 하던 질문이 있었다. "나는 누구인가?" "왜, 그리고 어떻게 살아야 인생은 의미가 있는 것인가?" 그런데 나라는 개별적인 존재의 의미를 의식하기 시작하면서부터 현실에서의 삶의 조건들은 갑자기 참기 힘든 많은 갈등들을 몰고 왔다. 사회의 압력, 문화적 이데올로기들의 압력은 왠지 부조리하게만 느껴지고, 이 혼란스런 세상사를 이해하는 데, 그리고 내 자신의 내면의 갈등들을 이해하는 데 아무런 도움도 되지 못하는 것 같았다. 그러나 이렇게 현실과 내 안에 품고 있던 개인적인 신념들 간의 괴리가 점점 더 커지면 커질수록 오히려 나는 나 자신의 발버둥에 해답을 줄 더욱더 보편적인 진리, 어떤 식으로도 변함이 없을 '절대적인' 무엇을 찾아 서두르곤 했다.

어떤 때는 완벽한 삶의 의미를 인간의 하찮은 머리로 궁리해내는 어리석음을 신 앞에 사죄함으로써 평온을 되찾아보려고도 했다. 또 어떤 때는 해답 없는 나 자신의 고통스런 혼란에 인간적인 사랑만이 유일한 해결책이라고 믿기도 했다. 그러나 내가 찾는 '절대적인' 신이나 '절대적인' 사랑 같은 것은 없었다. 단지 세상이 주는 공포를 참아내기 위해, 존재의 무의미성에서 오는 불안을 줄여보기 위해 인간이 만들어낸 갖가지 미화된 이상(理想)들만이 존재했을 뿐이다.

결국 절대적인 것을 찾아 헤매는 나의 여정은 언제나, 효과적인 답 하나 줄 수 없는 문화적 이데올로기들의 많은 오류를 발견하는 것으로 끝났다. 그와 함께 남는 것은, 손쉬운 해결책으로 자기 자신을 기만하려 한 나 자신에 대한 구역질 나는 환멸이었다. 하지만 그럼에도 나는 그러한 결말을 받아들일 수가 없었다. 이 세상에는 개개인을 넘어서는 더 큰 무언가가, 영원한 의미의 그 어떤 것,

단명의 세상사를 초월한 그 무엇이 있어야만 했다. 그래야 내가 그 안에 영원히 휴식할 수 있을 것이기 때문이었다.

앞에 인용한 「황무지」에 바치는 나의 시에는 그러한 환상들에 대한 나의 처절한 부정(否定)이 표현되어 있다. '색깔 없는 아늑한 겨울의 어둠'은 내가 감히 취하려 했던 고립과 단절의 시기, 그러면서도 가장 고집스럽게 나 한 개인으로서 특수화될 수 있었던 시기들을 상징한다. 취할 듯한 꽃내음에 깨어나 '사방을 흔들어놓는 찬란한 봄의 빛'은 또 다른 삶의 환상을 찾아 떠나는 나의 흥분에 찬 여행을 가리킨다. 언제나 반복되는 그 두 가지 반동적인 극단이 봄과 겨울로서 대조되고 있다. 나는 차라리 몸서리치는 자의식에 깨어나지 말고 간신히 찾아낸 환상 속에 그냥 깊이깊이 잠겼어야 했다. 아니면 고립에 대한 공포를 이겨내고 더 이상 환상을 찾아 꿈꾸지 않는 내 안의 진실을 어둠 속에서 말없이 참아냈어야 했다. 그랬더라면 나 자신의 세상을 만들어내고 나 자신만의 삶의 의미를 엮어내는 데 성공했을지도 모른다. 그러나 괴롭기만 한 자기 질문들과 견디기 힘든 고독감 때문에 나는 언제나 손 가까이 닿는 것들을 부둥켜안았다. 하지만 진짜 고약한 것은 내가 서둘러 잡은 그것들이 결코 나 자신을 구원하지 못하리라는 것을 나 자신이 너무나 잘 알고 있었다는 것이다.

다음 그림은 시카고에서 미술치료를 공부하면서 내가 여전히 우울증에서 크게 빠져나오지 못했을 때 그린 자화상이다. 이 그림은 앞 서 인용된 시의 극단적인 결말, 봄 기운에 취해 있지도, 겨울의 어둠을 견뎌내지도 못한 채 신경증적인 갈등만을 안고 있는 내 자신을 보여준다.

전체적으로 색상은 일부러 과장되게 칠해져 어딘지 만화같이 부자연스러운 현실을 연출한다. 나는 그 속에서 불안한 모습으로 서 있는데, 창문을 향하고 있는 것인지, 창문에 등을 돌리고 있는 것인지 몸과 얼굴을 반쯤 틀고 있다. 빠끔히 보이는 창문 밖 풍경은 맑고 생생하기만 하나, 비스듬히 돌리고 있는 나의

| 이야기 그림 1 | 자의식

얼굴은 의심스러운 표정에 그늘지고 어둡다. 마치 그 불안한 얼굴을 감추려고 하는 듯 어울리지 않는 분홍빛 스카프를 두르고 있지만, 얇게 나풀거리는 그 화사한 스카프는 언제라도 흘러내릴 듯 불안하게 얹혀 있다. 입고 있는 옷도 표정의 심각성에는 전혀 어울리지 않고, 그 위로 채 감추어지지 못한 어깨와 팔은 살갗이 연약해 보인다.

내 방은 모든 게 불안정하게 기울어져 있다. 캔버스를 기대게 하는 쇠받침대만이 한쪽 구석을 튼튼하게 지킬 뿐, 벽도 이젤도 불안한 기울기이다. 그런데 중앙에는 난데없이 꽃 묶음 하나가 동그라니 놓여 있어 전체적인 인상을 우스꽝스럽게 깨뜨리고 있다. 왜 저 유치한 꽃다발을 나와 창문 사이에 끼어놓았을까? 그것은 마지막 순간에 머뭇거리며 첨가한 꽃이었다. 그럴 때도 맘에 들지 않았다. 그림 전체를 망가뜨린다는 것을 잘 알고 있었다. 그럼에도 내겐 왠지 그 꽃이 거기에 있어야 할 것 같았다.

훨씬 뒤에 나는 그 보잘것없는 꽃이 바깥 세상의 일부가 되고 싶다는 나의 원망(願望)의 표현이라는 것을 알게 되었다. 나 자신의 진실을 강요하는 고문같이 죄어오는 의식(意識)과, 저기 나와 상관 없이 펼쳐져 있는 바깥 현실 간에 다리를 이어줄 어떤 환상, 그 꽃은 그러한 환상에 대한 나의 끊기 힘든 '필요'를 말해주는 것이었다.

마침내 나는 그 '어떤 것'을 찾는 것을 포기했다. 대신 왜 많은 사람들이 삶 속에서 번뇌하고 아파하는지 그 이유를 공부하기 시작했다. 그래서 시카고로 건너가 미술치료라는 분야에 입문했다. 미술비평을 공부하면서, 그리고 미술가로 가득한 집안 식구들을 관찰하면서 미술이라는 것이 제법 많은 사람들에게 어떤 치유적인 힘을 행사한다고 믿었기 때문이었다.

그런데 인간의 심리를 공부하면서 나는 진실이라고 주장되는 너무나 많은 이론들을 접하고는 당황했다. 랑크의 말처럼,[12] 우리 시대의 지식인들은 미처 다 소비될 수도 없는 과잉 생산된 진실 아래 허리가 휘도록 굽어져 있는 것 같았다. 왜 인간은 아파하는가의 질문에 대해서조차 근본적이고 체계적인 대답은 없었다. 나는 조금씩 인내심을 잃어갔고, 그러던 중에 오토 랑크라는 학자를 우연히 알게 되었다. '의지'의 필요를 강조하는 그의 심리학은 문화 전반에 대해, 그리고 예술에 대해 내가 목말라하던 어떤 체계적인 시각을 제시해주었다. 나는 그를 통해 나 자신의 진정한 문제가 무엇이었는지, 그리고 내가 만난 많은 환자들의 근본적인 문제가 무엇이었는지를 볼 수 있었다. 그것은 개개인의 개별적인 문제라기보다는 오히려 현대 인간의 숙명적인 자괴(自壞)였다. 오이디푸스의 신화에 대한 그의 참신한 해석은 현대의 과학과 심리학적 통찰이 인간의 자의식에 가져온 비극적인 결말에 대해 이야기한다.[13]

소포클레스가 들려주는 그 비극의 주인공은 지적 오만으로 인하여 자신의 현실이 거짓이라는 것을, 그것이 그저 외관이요, 허위에 지나지 않는다는 것을 영웅적으로 드러내버린다. 그러고는 그로 인하여 주어진 현실 속에서 행복하게 살았을 자신의 미래를 망친다. 모든 장애들을 이겨내며 오로지 진실을 찾겠다는 굳은 의지로 현실을 파헤치지만, 결국엔 그 자신이 발견한 바로 그것 때문에 영원한 고통을 받게 되는 것이다. 오이디푸스는 의지할 만한 다른 어떠한 대체물도 만들어놓지 않고 삶의 거짓말을 벗겨내버린 현대 인간의 전형적인 모습이다. 랑크는 이렇게 말한다.

인간은 진실만을 가지고는 살 수 없다. 우리가 살 수 있기 위해서는 환상들이 필요하다. 예술, 종교, 철학, 학문, 사랑 등이 줄 수 있는 외부적인 환상들뿐 아니라 그러한 외부적인 것들을 애초에 조건화한 내면적인 환상이 필요하다. …… 진실을 찾기 시작한 순간부터 우리는 현실을 파괴하고 그에 대한 우리의 관계도 파괴해버린다. (1978, p.42)

문제는, 결국 문제에 대한 의식에 있는 것이었다. 신경증 환자의 고통은 괴로운 바깥 현실에서 오는 것이 아니다. 그것은 사실상 고통스런 내면의 진실 때문이며, 현실이 참을 수 없게 되는 것은 그에 부수적인 것일 뿐이다.

사실, 모든 것에 대한 가치와 의욕을 부정하고, 행동하고 싶으나 행동하지 못하면서, 표현되지 않는 내 작은 진실만을 손에 쥐고 있던 내게 현실이란 것이 참을 수 없었던 것은 아니었다. 문제는 사고의 창백함 속에 몸져누운 채 자신의 가능한 행동들의 심리적 동기들만을 내성적으로 탐색하고 있던 나 자신의 지나친 의식에 있었다. 내게 있어 진실이란 고작해야 '현실을 해체하고 나니 아무것도 남은 게 없다'는 발견이었다. 아무리 지식을 쌓아봐야 그것이 행복을 보장해주지 않는다는 것, 아무리 교회를 열심히 다녀봐야 내가 찾는 신은 없다는 것, 아무리 사랑을 해봐야 그 아름답고 숭고한 모든 수식어를 제외하고 나면 이기적이고 일시적 욕구만이 덩그러니 남는다는 것.

더 이상 사람들과 공유할 현실이 없다는 발견 외에는 이 세상을 살아가는 이유가 될 다른 어떠한 아름다운 진실도 내 안에는 없었다. 하지만 내가 부정해버린 그 모든 것들을 내가 너무나 원하고 필요로 한다는 것을 나는 잘 알고 있었다. 그러나 그 어쩔 수 없는 사실마저도 내게는 철저한 자기 기만일 뿐이었다.

　　대안적인 것은 아무것도 없었다. 그래서 어느 순간 나는 행동하기를 그쳤다. 원해서도 안 되고 원할 것도 없었기 때문이었다. 그것은 진정한 의미에서 살고 있는 것이 아니었다. 우울증이란, 살고 있으나 살기를 포기한 그 같은 상태를 일컫는 의학적인 용어일 뿐이었다.

현실을 다루는 유형

프로이트의 수제자였다가 스승과 다른 시각을 제시하였다고 해서 초기 정신분석 학계에서 쫓겨난 오토 랑크라는 학자가 있다. 그는 인간과 문화에 관하여, 특히 예술에 관하여 독특한 이론을 폈는데, 그 중 인간이 자신의 내면적 구성, 즉 성격에 따라 현실에 반응하는 서로 다른 양상을 보인다는 이론이 흥미롭다.

랑크가 말하는 세 가지 유형의 인간형은 다음과 같다: 평균형(the average type), 창조형(the creative type) 신경증형(the neurotic type).[14] 랑크는 창조형 중에서도 예술가를 그 대표적인 집단으로 생각했고, 신경증형은 심리적인 문제로 붕괴되는 사람 모두를 포함하는 넓은 범주로 잡았다. 신경증형에 대한 그의 개념은 현대에 세분화된 의학적 진단들을 무시하고 있지만, 노이로제가 아닌 정신병까지를 모두 싸안는 그의 시각은 단순히 낭만적인 사변만은 아닌 것 같다.

간단히 의식의 측면에서 말하자면, 평균형은 언제나 현실을 의식하는 유형이고, 창조형은 자기 안의 의지를 인식하며, 신경증형은 오로지 자기 자신만을 의식하는 유형이다.

평균형

평균형은 외면적인 현실을 자신의 진실로 받아들이고 사회적으로 정당한 형태와 내용에 맞게 자신의 의지를 결정하고 실천해가는 사람들이다. 다시 말해, 한 개별체로서의 자신의 독자성을 사회의 요구에 맞추어가는 사람들인데, 이러한 유형의 사람들은 자기 내면의 진실과 외부적인 현실 사이에서 크게 갈등하고 방황하여 무너지는 일이 거의 없다. 그들은 자기 자신을 현실의 일부라고 생각하며, 오로지 현실에 대한 의무감으로 인생을 살아나가는 사람들이다. 그들의 삶의 원동력은 바깥 사회에서 주어지는 압력과 요구이나, 그렇다고 그들이 비굴하거나 단지 수동적이라는 말은 아니다.

평균형 사람들의 의지는 스스로를 순종시키는 데에 있다. 이들은 다른 두 유형처럼 자기 자신의 세계를 창조하려는 충동이나 강인함은 갖추고 있지 않지만, 대신 사회의 건강한 내부인으로서 안전하고 건강하게 살 수 있는 단순함을 장점으로 가지고 있다.

창조형

창조형은 자신의 충동적인 요소들로부터 스스로 제약함이 없이 무언가를 창조할 수 있는 유형을 말한다. 창조형의 사람들은 단순히 사회화된 것들에 의존하지 않고, 그 자신이 선택한 요인들에 근거하여 자체적으로 자기 자신의 이상형을 형성하고 철저한 의식 속에 그를 실천하고자 노력한다. 그들은 자기 내부에서 꿈틀거리는 힘과 외부에서 강요되는 힘 모두를 끊임없이 재평가하면서 독자적인 한 개체로서의 자신의 이상형을 선택한다. 그러나 그들의 창의적인 의식은 언제나 주관적인 재료들에 집중되어 있어, 그들은 자기 자신만의 세계와 진실을 강하게 의식하기 때문에 결과적으로 세상과는 별로 조화롭지 못하다. 창조형의 인간들은 자신들의 자립적인 내면적 세계에 현실이 제공하는 미약한 대용품들에는 결코 만족할 수가 없다. 그들은 언제나 스스로 만족할 만한 것을 찾아나서려는 충동을 강하게 느끼는데, 그들이 그러한 자기 압력, 즉 의지로부터 자유로워지는 길은 오로지 창조를 통해서뿐이다.

그들은 현실로부터 스스로를 고립시키는 자신들을 어떤 식으로든 정당화시켜야 할 필요를 느낀다. 따라서 그들은 사회 속에 자신들이 창조한 것을 설득력 있게 되돌리고자 하고, 세상과 너무나 '다르다', 즉 너무나 '개별적이다'라는 데서 오는 죄책감을 그렇게 상쇄시키려고 한다. 단순히 정신적인 의지의 표현이었던 것을 행동으로 옮김으로써 그들은 자칫 환상으로 끝났을 어떤 것을 현실의 수준으로 끌어올리며, 그저 자기 주관에 머무르고 말 어떤 것을 세상 밖에다 외치려 한다. 바로 이러한 강한 의지의 실행이 뒤에 설명될 신경증형으로부터 창조형을 구별해내는 특성이다.

결국, 현실의 강박에 대항하여 그들이 창조해낸 개별적이고도 독자적인 현실은 그들을 진정으로 독립된 한 개체로 남아 있을 수 있게 하며, 또한 바깥 현실과의 지나친 갈등으로 붕괴됨 없이도 스스로 만족스럽게 살아갈 수 있게 한다. 그는 그 자신의 치료사이며 동시에 자신의 세계를 통하여 다른 사람들을 구원하는 치료사가 되기도 한다.

그런데 그들은 늘 마음 한구석에 죄책감을 가지고 있다. 자신의 가슴 속 진실들을 끊임없이 확인하고 유지한다는 사실이 그들을 죄스럽게 만든다. 그러나 그들이 그러한 자기 안의 진실을 적극적인 행동으로 옮겼을 때는 얼마나 심한 죄책감이 뒤따를 것인가. 자기 자신이 가지고 있는 이미지 그대로 창조된 세계를 다른 사람들에게 보여주어 그들로부터 인정받고 싶어하는 창조형 인간은 사실상 그렇게 함으로써 스스로에게 자기 자신을 정당화시키고 싶어하는 것이다. 그러한 창조형 인간들의 죄책감은 더욱 새롭고 더욱 숭고한 의지의 실현으로 끊임없이 극복되어야만 하는 종류의 것으로, 그 때문에 그들은 지칠 줄 모르고 생산적이 되는 것이다. 여기서 잠깐 랑크가 강조하는 의지(意志)에 대하여 생각해보자.

의지란 모든 인간에게 원초적이고 궁극적이면서 그의 인격 안에 하나로 통합된 그 어떤 것이다. 그것은 마음의 다른 측면들 즉, 감정이나 지적 능력이나 주의력이나 관심과 같은 것들과 달리 제3자의 눈에는 파악될 수 없는 것이다. 객관적인 용어로는 증명할 수도, 부정할 수도 없는 인간 내면에 움직이는 어떤 것으로서 오로지 당사자 자신이 직관적으로만 인식할 수 있는 것이다. 따라서 우리 모두 의지란 것이 무엇을 가리키는지는 알지만, 누구도 그것이 무엇인지를 말로 설명할 수는 없다.

의지는 보통 고집이나 반항 혹은 어떤 공격적인 성향으로 이해되어 역사 안에서 긍정적인 것만큼이나 부정적인 인간의 활동들로 표현되어왔다. 그것은 위험한 동시에 멋진 것이며, 우리를 자유롭게 하는 동시에 우리로 하여금 엄청난 책임을 물게 한다. 신이라도 되는 양 우리를 의기양양하게 만들면서도 그 때문에 우리를 깊은 죄의식에 빠지게 한다. 그것은 미쳐 날뛰는 환희이면서 동시에 우리 자신의 한계이기도 하다.

심리학적으로 볼 때, 의지란 자신의 본능적인 욕구들을 창의적으로 사용하게 이끄는, 그러면서 동시에 그것들을 억제하고 조절하는 자아의 가장 긍정적인 측면이다. 주어진 환경에 창의적으로 활동하고 대응하게 하는 가장 원초적인 심리적 동인(動因), 다시 말해, 생물학적인 본능들과 인간적인 억제 사이에서 조화와 균형을 꾀하는 인간의 자율적인 구성력이 의지인 것이다. 그런데 바로 그러한 이중적 기능, 즉 충동성과 억제성 때문에 의지는 자신과 삶에 대한 그 사람의 태도가 무엇이냐에 따라 때로는 창의적으로, 때로는 파괴적으로 발현되기도 한다.

의지는 두 가지의 형태로 작용한다. 보통 그것은 원하는 것을 스스로 원하지 않는 역의지에서 출발하여 적극적으로 의지를 확인하고 실천하는 순의지로 발전해간다. 여기서 '역의지(逆意志)'란 그 사람의 의지를 제약하는 다른 외부적인 압력이나 제3자로부터 강요된 의지를 말하는 것이 아니다. 그것은 그 사람 자신의 내부에서 자기 발생적으로 움직이는 억제로, 스스로 의지하는 바가 크면 클수록 그 자신 내부의 역의지도 강해진다. 참으로 역설적이지만, 인간은 자기 자신의 능력과 힘에 대해 스스로를 제한하려는 성향이 있다. 인간은 의지를 통해 비로소 독자적인 한 개체로 만들어지는 것이기 때문에 자신의 의지가 남다르게 강한 사람은 자기가 속한 사회와 현실에 죄스러움을 느끼게 마련이다. 사람들의 행동 양식을 가만히 지켜보면 우리 모두는 언제나 서로 맞서 싸우는 두 가지 반대적인 의지들 사이에서 갈팡질팡하는 것처럼 보인다.

신경증형

신경증형은 바로 그러한 순의지와 역의지 간의 갈등과 부조화를 창의적으로 극복할 수 없는 유형의 사람들이다. 그들은 평균형의 사람들보다 훨씬 강한 자의식을 가지고 있는데, 신경증형 인간의 자의식은 자기 내부의 의지를 부정하고 취하하고, 나아가서는 그러한 의지를 가지고 있는 그 자신을 파괴하려는 성향을 가지고 있다. 그들은 평균형의 사람들처럼 외부적인 압력을 참아낼 수가 없다. 그렇다고 창의적인 사람들처럼 자기 내면으로부터 일어나는 압력에 복종하지도 못한다. 그들은 자신의 두려운 의지를 안에다 감추어두고 스스로의 역의지로 그에 반응하기만 한다.

　　그들 역시 자신의 의지를 강하게 인식하고 있기 때문에 다른 사람들에게 죄스러운 마음을 가지고 있다. 동시에 자신의 의지를 스스로 억제하고 있기 때문에 자기 자신에게도 죄책감을 가지고 있다. 하지만 창조형과 달리 그들은 의지를 실행에 옮길 시간에 그 자신의 숨겨진 의지와 그를 억제하려는 자기 자신의 반대적인 의지 모두를 스스로에게 설명하고, 이해하고, 논리화하고, 정당화하는 데 모든 에너지를 소비한다. 따라서 그들은 언제나 바쁘다. 내성적(內省的)으로만 자기 자신의 내부를 의식하느라고 바쁘다. 그들의 부단한 의식은 그렇게 아무런 결실도 맺지 못한다.

　　신경증형의 인간은 '오로지 자기 자신'이기를 원한다. 그러나 그들이 누구인가는 자신이 의지하는 이상형에 따른 것이 아니라 오로지 그들의 자의식이 스스로를 인식하는 대로의 자기이다. 그들은 자기 자신에 대해 너무나 많은 것을 알고 있고, 스스로에 대해 진실이 무엇인지를 알고 있기 때문에 그냥 지금 그대로의 그 자신이기만 하면 된다. 신경증형 인간의 '나 자신이면 된다'는 창조형 인간의 '나 자신이어야 한다'와는 그 형태가 다르다. 후자는 자기 자신이 무엇을 원하는지를 확인하고 그를 적극적으로 행동하여 표현함으로써 생겨나는 것인 반면, 전자는 자신이 무엇을 원하는지를 부정하는 데서 오는 자포자기적인 나 자신이다.

　　대부분의 심리치료 환자들은 자기 자신을 지나치게 억제함으로써 파생되는 결과들 때문에 괴로워한다. 그들은 충동적으로 솟구치는 그들 내부의 의지를 나쁘거나 비도덕적인 것으로 인식하고 있다. 그들이 힘들어하는 이유는 자신의 의지를 행동화할 수 없다는 결과론적인 사실 때문이 아니라, 자신이 그럴 수 없음을, 혹은 왜 그럴 수 없는지를 스스로가 너무나 잘 알고 있기 때문이다. 그들의 문제는 사실 시각만 조금 달리 하면 저절로 해결될 수 있는 것이기도 하다. 어떤 권위 있는 자, 예를 들면 목사나 정신과 의사나 혹은 사랑하는 누군가가 그의 내부에서 부정되고 있는 충동적인 욕구들을 그에게 만족시킬 것을 허락한다면 그들은 스스로의 굴레에서 벗어나 자신을 치유할 수도 있다. 왜냐하면 그들에게 정작 필요한 것은 이러한 정당화, 즉 어떠한 식으로든 자신의 의지를 스스로 인정할 수 있게 하는 필요와 이유이기 때문이다.

　　이러한 종류의 자발적인 자기 치유는 역사 내내 존재해왔다. 종교야말로 인간의 가장 위대한 자기 치유의 기관이었고, 예술도 인간의 여러 가지 욕구들을 승화시키고 미화시키는 데 큰 몫을 해왔으며, 인간적인 사랑이라는 것도 개별적인 여러 가지 형태로 치유적인 역할을 해왔다.

하지만 대부분의 신경증형 인간은 자기가 다른 사람들과 너무나 다르다고 생각하기 때문에 그러한 보편적인 정당화 기제들을 받아들일 수가 없다. 문화적으로 제공된 이들 기제들은 신경증형 인간에게는 오히려 파괴적으로만 작용할 뿐이다. 왜냐하면 그들의 날카로운 자기 지식이 모든 기만을 벗겨내고 현실의 오류를 꿰뚫어보기 때문이다. 그러나 그들도 이러한 정당화 기제들이 필요하다는 것을 잘 알고 있다. 하지만 그들은 살아나가는 데 필요한 그 같은 기제들을 스스로 모두 거절했기 때문에, 이제 그들에게 남은 것은 순전한 고뇌밖에 없다. 삶에 필수적인 환상들을 강취당한 그들에게 남는 진실이란 자신의 내부에 끊임없이 부딪치며 울어대는 자신의 목소리뿐이다. "나는 너무 초라하고, 못됐고, 나약하고, 쓸모 없어. 나는 살 가치도 없는 인간이야. 그렇지만 그렇다고 해서 나 자신에 대해 스스로를 기만할 수는 없다."

신경증형 사람들을 치료하는 작업은 그들을 현실에 적응하게 하는 것도, 외부적인 압력을 견뎌내게 가르치는 것도 아니어야 한다. 최선의 방법이란 오로지 그들을 그들 자신에게 적용하도록 돕는 것뿐이다. 스스로에 대해 자기 방어를 계속하면서 에너지를 고갈시키는 대신 자기 자신을 참아내고 인정하고 받아들일 수 있게 도와야 한다. 일단 그들이 자신의 의지를 확인하고 인정하고 나면 그로부터 자유로워진 에너지는 다시 창의적으로 흐르고 그들은 자발적으로 현실에 재적응하게 되어 있다. 진정한 심리치료는 '교정적(矯正的)'인 것이 아니고 언제나 '확언적(確言的)'인 것이 되어야 한다. 의지가 자기 내면으로부터 자유를 얻게 되어 외부적인 압력과 문제들이 자발적으로 극복될 수 있는 것, 거기에 심리치료의 핵심이 있는 것이다.

결국 궁극적인 목적은 자기 발전에 있다. 그러나 그것은 자기 자신의 의지 없이 사회에서 일반화된 이상향들을 제것으로 받아들이는 그저 '훌륭한' 시민으로 자라야 한다는 뜻은 아니다. 스스로를 그 자신됨으로 발전시키는 것, 어떠한 압력도 정당화도 필요없이, 그에 대한 책임을 회피함도 없이, 스스로 의지를 세우고 그것을 실행해나갈 수 있는 것, 그것이 진정한 의미의 자기 발전인 것이다.

그렇다면 그러한 진정한 자기 발전을 도모하는 데 미술이 어떠한 역할을 할 수 있는 걸까? 삶을 다루는 각각의 유형들이 자신의 방식을 고수하면서 부딪치게 되는 좌절과 어려움들을 미술이라는 것이 극복하게 도와줄 수 있는 걸까? 아니면 최소한, 그러면서 생겨나는 상처들을 아물게는 해줄 수 있는 걸까? 그에 대한 답을 찾아가는 과정 속에 미술의 치유적 힘에 대한 나의 신념이 확고해진다.

제 2 장

왜 창조하려 하는가?

현실을 자기식으로 다루려는 욕구

아침에 일어나면 우리는 옷장을 열고 오늘은 무슨 옷을 입을까 거울 앞에 선다. 청바지에 티셔츠를 입을까, 정장을 입을까, 가죽 옷에 부츠를 신어볼까. 선택의 여지가 충분히 있는 옷장이라면 그날의 선택은 오늘의 기분이 어떠한가, 그리고 오늘은 어떤 모습으로 나를 사람들에게 보여줄까에 따라 결정된다. 정장을 고른다면 직업인으로서 존중받고 싶다는 의사의 표현일 수 있고, 청바지에 티셔츠를 입는다면 오늘만큼은 편안하게 쉬고 싶다는 기분의 표현일 수 있으며, 가죽 옷에 부츠를 신는다면 조금 터프하고 당당하게 보이고 싶은 모습이라 할 수 있다. 옷의 선택과 치장에서부터 행동, 제스처 그리고 언어에 이르기까지 우리는 매일 세상의 일원으로 살면서 자신의 의사를 소통해야 할 필요를 느낀다. 내가 원하는 바대로 다른 사람들에게 영향을 끼치고 싶고, 내가 누구인지 혹은 어떤 사람이 되고 싶은지 나 자신에게 확인하고 상기시킬 필요를 느끼는 것이다.

　　미술이라고 이러한 여타의 표현적 수단들과 다를 건 없다. 단지, 미술은 보통 시각적으로 영구히 남는 결과물을 통해 의사소통과 표현의 효과를 지속시킨다는 것이 차이일 수 있을까. 하지만 약속된 논리에 지배를 받는 문자 언어와는 다르게 미술은 조금 더 자유롭게 상징하고, 비유하고, 인상을 주고, 이야기를 풀어나갈 수 있게 허락하기는 한다. 색의 풍요로움, 선의 느낌, 면의 재질감, 화면의 조화 혹은 부조화 등으로 전달하려는 내용을 여러 가지 미묘하고도 풍성한 방식으로 나타내줄 수 있다.

　　　미술이 무엇이라고 생각하느냐고 물으면 사람들은 대부분 어색하게 웃으며 이렇게 말한다: "뭔가 아름다운 것." '아름답다'는 것의 정의를 어떻게 내려야 하는가의 거창한 문제가 남아 있기는 하지만, 정말 우리는 아름다움을 알리고 표현하기 위해 미술을 하는 걸까? 그 대답에 만족하지 못한 얼굴이 되면 사람들은 얼른 "뭔가를 표현하는 것"이라고 말을 바꿔본다. 그렇다면 무엇을 표현하는 걸까? "자신의 감정" "말하고 싶은 것" "작가의 정신" "작가가 생각하는 예술관," "시대 상" "이상향" 등등 대답도 가지가지다. 물론 거기에는 아름다움도 포함될 수 있을 것이다. 사실, '무엇을 표현하여야 하는가'에 대한 각 시대와 지역의 서로 다른 대답이 우리가 알고 있는 방대한 미술사를 만들어왔다고도 할 수 있다. 그렇다면 미술치료와 관련하여 미술은 무엇을 어떻게 표현하는 언어일까? 나아가 무엇을 어떻게 표현하여야 하는 언어일까?

뒤뷔페와 '날(raw)것'으로서의 미술

19세기 말과 20세기 초에 미술사에는 커다란 전환점이 있었다. '미술이란 무엇인가,' '인간의 삶에 있어 그것이 어떤 역할과 기능을 하는가' 하는 개념상의 대대적인 변화가 있었던 것이다. 그렇다면 우리는 수세기 동안 마치 일직선상으로 '발전' 해온 듯 보이는 미술사를 무엇이 그토록 뒤흔들어놓았던 것일까 궁금해진다. 무엇으로 인해 미술이, 즉 인간의 사고와 표현의 방식이 그렇게 확장되어야만 했고 이전까지와는 다른 방향으로 나아가야만 했던 걸까?

한 가지로 요약할 수는 없지만, 그것은 미개인들의 미술, 동양의 미술, 향토미술, 아마추어 미술, 어린이들의 미술 그리고 정신병자들의 미술에 대한 새로운 주목으로부터 시작된다고 말할 수 있다. 이전까지는 기껏해야 호기심을 자극하는, 흔히 경멸이나 조롱거리밖에는 안 되었던 그들 작품들이 어느 날 갑자기

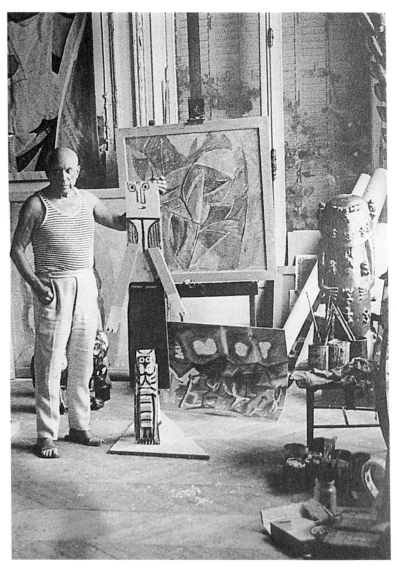

칸느에 있는 한 작업실에서 포즈를 취하고 있는 피카소. 한쪽에 그가 소장한 원시미술품들 중 하나인 조각품이 보인다(촬영 Edward Quinn, 1960). 출처: The Museum of Modern Art, New York, *"Primitivism"* *in 20th Century Art*, Boston: Little, Brown and Company, 1984, Vol. 1, p. 330

 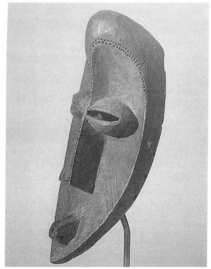

도판 15
피카소의 〈아비뇽의 처녀들〉 부분에 영향을 끼친 듯한 자이레(Zaire) 마스크. 벨기에 중앙아프리카 박물관
(Musée Royal de l'Afrique Centrale, Tervuren, Belgium) 소장. 출처: The Museum of Modern Art, New York,
"Primitivism" in 20th Century Art, Boston: Little, Brown and Company, 1984, Vol. 1, p. 264

진지한 미학적 탐구 대상으로 부상하게 된 것이다.

미술사를 아는 사람이라면 아프리카나 태평양 군도들의 소위 '원시미
술'이라 불리는 것들이 현대미술의 시작에 어떠한 영향을 끼쳤는지 익히 들어 왔
을 것이다. 고갱, 블라맹크, 드랭, 마티스, 피카소, 브라크, 모딜리아니 등 수많은
작가들이 그들 외부인들의 미술에 탄복하여 그들의 형태 감각, 주제, 테크닉, 미
적 태도 등을 배우고 차용하였음은 잘 알려진 사실이다.[1] 이러한 새로운 미술의
발견에 대해 한 화가는 이렇게 말했다.

아프리카 마스크들은 내게 새로운 길을 열어주었다. 나로 하여금 본능적인 것들과 접촉할 수 있도록, 공포스러울 만치 거짓된 전통들에 반대하는 순수한 표현들을 만날 수 있도록 도와주었다.[2]

우리는 또 미술 수업이라고는 전혀 받지 않은 한 평범한 프랑스 세관원이 예술가의 대열에 끼는 일도 발견할 수 있으며, 이미 이름을 날리던 많은 화가들이 순진무구한 아마추어들의 그림을 흉내내는 일도 흔히 볼 수 있다. 한 미술역사가는 그 세관원이었던 작가에 대해 이렇게 극찬했다.

루소는 역사의 한 전환점을 상징하는 인물이다. 오늘날 우리들이 가지고 있는 '미개미술'에 대한 생각들은 그의 훌륭한 사례를 통해 생겨날 수 있었다. 그 이전에도 미개한 작가들은 있었고 그 이후로도 계속해서 그런 작가들은 존재한다. 그러나 그 존재하는 또 다른 전통을 우리로 하여금 재인식하게 해준 것은 바로 이 시의적절하게 등장한 루소 덕분인 것이다. 그는 19세기 문화의 발효에 독특한 그 무엇을 첨가했다. 그 덕분에 미술의 입구는 전례없이 활짝 그 문을 열게 되었다. 어린이의 미술, 미친 사람들의 미술도 이제 더 이상 우리의 미학적 개념 밖에 서 있지 않는다. 그리고 미개한 화가들도 형식적 훈련을 못 받은 것에 대해 더 이상 어색하게 느낄 필요가 없게 되었다.[3]

원시미술이나 동양미술만큼 대대적으로는 아니었지만, 정신질환자들

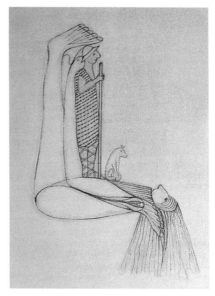

도판 16
프린츠혼 콜렉션의 한 작품 〈불가사의한 양치기\Wunder-Hirthe〉(1919년 이전 작품으로 추정)와 그로부터 아이디
어를 얻은 듯한 막스 에른스트의 〈오이디푸스, 내면의 시각 26 Oedipe, A l'interieur de la vue 26〉(1931년 작). 출
처: Los Angeles County Museum of Art, *Parallel Visions: Modern Artists and Outsider Art*, NJ, Princeton: Princeton
University Press, 1992, p. 106

의 미술도 미술사에 중요한 이슈를 제공하면서 여러 현대작가들에게 영감의 원천
이 되었다. 표현주의자들이나 초현실주의 작가들의 작품 중에는 그러한 직접적인
영향을 보여주는 것들이 많다.

　　　　하지만 가장 적극적으로 정신질환자들의 미술을 발굴하고 옹호한 작
가는 단연코 프랑스의 장 뒤뷔페(Jean Dubuffet, 1901~1985)이다. 그는 유럽 각지
에서 정신적으로 문제가 있는 아마추어들의 작품들을 모아 서구 사회에 소개했는

데, 스위스에 있는 아르 브뤼(Art Brut) 미술관에 가면 지금도 그의 수집품들을 만날 수 있다.[4] 뒤뷔페는 미술이 진정 돌아갈 길은 문화와 교육으로 때묻지 않은 본연의 '날(raw)것' 이라 주장했다.

도판 17

대략 7천 개의 시멘트 포대와 7만 5천여 개의 조개 껍질들과 사기 그릇, 망가진 타일, 빈 병 등의 트럭 수십 대분의 고물을 이용하여 33년간 쌓은 탑들(1921~1954년 제작). 〈마르코 폴로의 배〉란 이름의 이 거대한 탑들은 미쳤다고 손가락질당한 어느 아웃사이더의 집 마당에 세워졌다. 누구의 도움도 없이 일이 없는 저녁마다, 주말마다, 혹은 공휴일이면 어김없이 찾아가 조금씩 탑을 쌓던 그 주인은 75세가 되던 어느 날 작업에 지쳐 헐값에 이웃에게 넘겨버린 후 한 번도 그곳에 다시 들른 적이 없다(로스앤젤레스 중남부 지역에 와츠Watts라고 알려져 있는 곳[1765 East 107th Street]에 위치해 있다). 출처: Roger Cardinal, *Outsider Art*, New York : Praeger, 1972, pp. 170~172

61

도판 18
아르브뤼 콜렉션의 한 조각 작품
(1927~1928년 작으로 추정). 조개 껍질
들로 만들어졌다. 제목은 〈믿음이 없는
여인〉. 출처: Michael Thévoz, *Art Brut*,
Switzerland, Geneva: Skira, 1976, p. 65

도판 19
한 미친 우체부의 이상적인 궁전. 1879
년부터 1912년까지 30여 년 동안 지어
졌다. 프랑스 오테리브(Hauterives)에
위치. 그는 자기가 미쳐서 이 궁전을
지은 것이 아니고, 이 궁전을 지었기
때문에 사람들이 자기를 미친 사람이
라 불렀다고 주장했다. 상상력이 이끄
는 대로 자신이 끝까지 작업을 했으면
분명 수용소에 보내졌을 거라고 덧붙
이면서. 출처: Michael Thévoz, *Art Brut*,
Switzerland, Geneva: Skira, 1976, p. 24

도판 20
브르타뉴(Bretagne) 해안의
로테네프(Rotheneuf)란 곳에
있는 바위 조각. 은둔자라고
알려진 한 사람이 19세기 말
경 근 25년 동안 바위를 조각
해 만들었다. 출처: Michael
Thévoz, *Art Brut*, Switzerland,
Geneva: Skira, 1976, p. 27

도판 21
〈파리 인간과 뱀〉(1925~1927년 작으로 추정), 장 뒤뷔
페가 극찬한 미친 사람 중의 하나.
출처: Michael Thévoz, *Art Brut*, Switzerland, Geneva:
Skira, 1976, p. 92

도판 22
아르브뤼 콜렉션 중의 한 작품. 스위스 바젤의 한 감
옥수가 급식용 빵을 씹어 〈생(生)의 무용, 다섯 손가
락 그룹〉이라는 제목의 조각을 만들고 뒤에 색을 칠
했다. 출처: Michael Thévoz, *Art Brut*, Switzerland,
Geneva: Skira, 1976, p. 159

도판 23
아르브뤼 콜렉션 중의 하나. 〈고립된
연인〉이란 제목. 1954년 제작된 것으로
추정. 으깬 계란 껍질을 하드보드지에
붙여 만들었다. 출처: Michel Thévoz, *Art
Brut: Kunst jenseits der Kunst*, Switzerland,
Aarau: AT Verlag, 1990, p. 95

도판 24
아르브뤼 콜렉션 중의 하나. 1947년경
제작된 것으로 추정.
출처: Michel Thévoz, *Art Brut : Kunst
jenseits der Kunst*, Switzerland, Aarau: AT
Verlag, 1990, p. 49

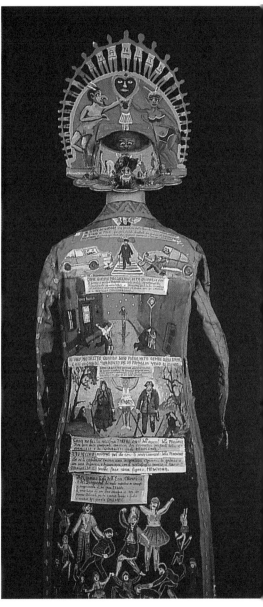

도판 25

아르브뤼 콜렉션 중의 하나. 작업복과 마스크. 제작 연대는 알 수 없음. 출처: Michel Thévoz, *Art Brut: Kunst jenseits der Kunst*, Switzerland, Aarau: AT Verlag, 1990, p. 98

이러한 변화의 움직임들은 당시의 예술가들이 급진적으로 새로운 미학을 갈망하고 있었음을 보여준다. 그런데 자신의 한계, 즉 서구 미술의 한계로부터 탈출하기 위해 그들이 눈을 돌린 곳은 바로 그들 밖 '외부'였다는 사실에 우리는 주목하게 된다. 그렇다면 외부에는 있으면서 내부에는 없는, 아니면 내부에서 잊고 있던 그 무엇이란 어떤 것이었을까?

뒤뷔페는 1951년 시카고에서의 한 강연에서 이렇게 말한 적이 있다.

나는 본능, 정열, 무드, 폭력, 광기 등의 야만성이 매우 가치 있는 것이라 믿는다. (……) 서구인의 문화는 더 이상 몸에 맞지 않는 외투와 같다. 그것은 죽은 언어와 같아서 길거리에서 사람들이 활발하게 떠들어대는 언어와는 무관하다. 일상생활에서 점점 멀어져 죽은 그룹들의 자잘한 활동에 한정되어 있다. 더 이상 그 뿌리가 살아 있지 않다. 나는 일상의 생활과 즉각적인 연관성이 있는 예술을 추구한다. 일상생활에서 시작하여 우리의 진짜 삶과 진짜 감정들을 아주 직접적이고 아주 진지하게 표현해줄 예술을 말이다.(……)
내가 더 이상 따르기를 거부하는 서구 문화의 원칙상의 특징들은 다음과 같다.
첫째, 인간성은 세상의 다른 모든 존재들의 자연성과 다르다는 믿음이 그것이다.(……) 이른바 '미개인'들은 모든 존재가 하나의 연속선상에 있다고 믿으며, 서구인들처럼 마치 자신들이 자연을 소유했다 보지 않고 그들 스스로가 자연의 하나라 믿는다.(……)

둘째, 서구인들은 자신들이 사고하는 방식 그대로 사물들이 바깥 세상에 존재한다고 믿는다. 세계의 형태가 자신들의 이성과 똑같은 형태로 되어 있다고 믿는다. 인간의 이성이, 특히 인간 논리의 기본이 튼튼하다고 믿는 것이다.(……)

셋째, 서구인들은 정교하게 가다듬어진 사고가 인간의 최고 덕목이라고 믿는다. 그러나 나는 인간의 정신 능력이라는 거대한 사다리에서 우리의 사고란 미약한 하나의 축에 지나지 않는다고 본다. 그것은 갑자기 냉각될 때 갈라지기 시작하는 겉껍질과 같은 것이다. 지적 과정에 있어 그것은 비행기의 하강과 같은 것이다. 나는 예술은 광기나 비논리성에 그 본질이 있다고 믿는다. 표면의 지적 과정이 아니라 깊은 그 뿌리 끝에 더욱 풍부한 골수가 있다.

넷째, 서구 문화는 분석하기를 좋아한다. 분자로, 요소로 쪼개고 나누어 그 요소들을 전체로부터 독립시켜 따로 떼어 연구하는 것을 좋아한다. 하지만 나는 부분들을 재조립하는 것을 더 좋아한다. 사물이 혹은 현상이 둘로 갈라지기 시작하는 그 순간부터 그것은 본질을 잃는다고 믿는다. 부분의 총액은 그 전체와는 별개의 것이다. 나는 뭐든지 관찰하고 볼 때 그것이 속하는 환경과 함께 그 전체를 보려고 한다. 책상 위의 유리 덮개를 본다고 할 때, 나는 그 유리를 곧장 보지 않고 방 전체를 먼저 보고 가능한 한 함께 있는 다른 사물들과 같이 그 유리를 보려고 노력한다. 풍경 속의 나무 한 그루를 보고자 할 때 그를 내 연구실로 뽑아 가지고 와서 현미경 밑에 들여놓고 보지 않는다. 나뭇잎 사이를 지나치는 바람 한 점도 그 나무에 대해 배우려면 꼭 알아야 할 것이라고 믿기 때문이다. 나뭇가지 위의 새나 그 새가 지저귀는 소리도 마찬가지이다.(……)

다섯째, 서구 문화는 우리의 언어에 대단한 확신과 믿음을 가지고 있다. 인간의 사고를 번역하고 정교하게 가다듬어주는 언어를, 특히 문어(文語)의 그러한 힘을 믿는 것이다. 그러나 문어 체계는 기호학적인 사인 체계로 인간의 정신을 아주 초보적인 단계로밖에는 표현할 수 없다고 나는 믿는다. 그것은 사고의 죽은 부스러기만 전달한다. 정교하게 하기는커녕, 사고를 더 힘겹게 짐지우고 사고의 오류를 일으키기가 쉽다. 차라리 구어(口語)가 더 구체적이다. 그것은 목소리나 어조, 몸짓이나 얼굴 표정 등으로 더욱 생생하게 살아숨쉬는 보다 효과적인 의사소통을 가능하게 한다. 나는 그림이란 그러한 구어보다도 훨씬 구체적이라 믿는다. 인간의 사고에 있어 진정 놀라운 것은 형식적인 사고로의 전환성이 아니라 그 이전에 인간의 정신 속에서 일어나는 수많은 순간들에 있다.(……)

여섯째, 서구 문화는 세상엔 아름다운 것들과 아름다운 사람들, 추한 것들과 추한 사람들이 있다고 믿는다. 나 자신은 미(美)란 어디에도 존재하지 않는다고 생각한다. 미개인들은 미에 대한 관념이 없다. 그래서 서구인들이 그들을 야만스럽다고 부르는 것이다. 그러나 그토록 확고하게 세상엔 절대적인 아름다움과 추함이 있다고 믿는 서구인들이 그 오랜 세월 동안 어느 게 아름답고 어느 게 추한 것인지 명확한 결론에 도달하지 못했다는 것은 우습지 않을 수 없다. 어떤 두 사람도 아름다움에 대해 의견을 같이하지 않을 뿐 아니라 그들의 생각은 또한 세월이 지나면 바뀐다. 그러면 서구인들은 이렇게 설명한다. 미란 분명 존재하는데 대부분의 사람들 눈에는 보이지 않게 숨겨져 있다고. 미를 인지해내려면 어떤 특별한 감각이 요구되고, 그런 감각을 타고나지 않은 사람들은 연습과 훈련을 통해 그것을 키워낼 수 있다고. 그래서 미술학교 같은 것들이 생겨나는 것이다.(……)

이러한 미에 대한 존경심과 숭배가 서구 문명과 문화의 방향을 결정지었다. 나는 서구 문화가 미에 대한 그 확고한 신념을 버린다고 해서 잃을 것이 많다고는 보지 않는다. 예술은 눈을 즐겁게 하기 위해 있는 것이 아니라 마음에 무엇인가를 전달하기 위해 있는 것이다. 미개인들은 그렇게 믿었고, 그들이 옳았다. 예술이란 언어요, 지식의 도구요, 표현의 수단이다. 문자 언어를 높이 사는 우리 문화는 미술을 초보적이고 미개하며 경멸해도 좋을 언어, 무식한 문맹인들에게나 적절한 언어로 취급해왔다. 그런데 문화가 발달하면서 예술은 문자 언어와 전혀 다른, 따로 경쟁할 필요가 없는, 무언가 전혀 새로운 가치를 가지고 있는 것이라 믿어지기 시작했는데, 예술을 그러한 위치에 두기 위하여 서구인들은 미라는 존재하지도 않는 개념을 만들어냈다. 그러나 미술은 그보다 훨씬 더 즉각적이고, 훨씬 더 의미가 풍부한 언어이다. 그림 언어가 갖는 우수성이란 이런 것이다. 그림은 죽은 상태에 있는 사물들을 이 세상으로 더 힘있게 마술적으로 불러낸다.(……) 그림 언어는 예술

가의 춤추듯 활동적인 내면의 심리 상태가 바깥 세상을 향하도록 그 문을 더 활짝 열어준다.[5]

짧지만 핵심적으로 잘 압축된 이 연설은 이후 미술사의 전개 방향을 예고하는 서문 같이 들린다. 1960년대 말부터 서서히 시작하여 70년대에 갑자기 달라진 미술의 새로운 양상은 현재 포스트모더니즘이란 용어로 불리고 있다. 많은 논란이 있어왔지만 현재로선 한 가지로 규정할 수 없는 스타일이나 정의 내릴 수 없는 애매모호한 예술 개념 및 다발적인 원리 원칙들 자체를 포스트모더니즘의 양식이요, 정의라 생각하고 있다. 이 연설이 1957년에 있었으니까 뒤뷔페는 모더니즘의 확고한 신념이 내부적으로 무너지기 시작할 때에 이미 정신질환자들의 미술 속에서 참다운 그 어떤 것을 발견하고 그를 반(反)문화, 즉 모더니즘 문화에 대한 반대 운동으로 몰고 나갔다고 볼 수 있다. 철저히 배척되어왔던 외부인들을 끌어들여 무엇이든 예술이 될 수 있는 현대의 미술계에 박차를 가하면서 포스트모더니즘으로의 문을 연 것이다.

'공포스러우리 만치 거짓된 전통들에 반대하는 순수한 표현'으로서의 미술이란 결국 사회에서 제공, 훈련시키는 시각과 법칙들을 무시하고 자기 스스로의 현실, 즉 진실을 만들어나가는 창작자의 순수한 개별성을 뜻하는 것이다. 그러한 과정은 전통과 결별하고 스스로를 고립시킬 것을 요구하는데, 이미 보편적인 의사소통의 길을 잃고 이방인이 되어 있는 정신병자들에게 있어 그것은 그렇게 어려운 일도 아니다. 그러나 사회는 이미 세상과 다른 세계에서 살면서 자기 자신의 시각으로 자기 자신의 진실을 표현하는 그 같은 미술을 쉽사리 받아들이지 않는다.

　　뒤뷔페는 그들 미술에 정신병리학적으로 접근하는 당시 유럽의 정신
의학계를 이렇게 비판한다.

　　정신병적 미술이란 말은 완전히 잘못된 말이다! 정신과 의사들은 누가
　　정상이고 누가 정상이 아닌가를 말할 수 있는 판별자의 위치에 있다고
　　스스로 믿고 싶기 때문에 그를 강조하고 있는 것뿐이다. 그들은 자기
　　네들이 부르는 '정신병리적 미술'이 '예술'과 동등한 것 혹은 그보다
　　우월한 것일 수 있다는 생각을 아예 접어두고 있다. 그들은 확실한 경
　　계선을 원하기에 정신의학과 그들 환자들의 미술에 대해 내가 가지고
　　있는 견해에는 적대적일 수밖에 없다. 그들은 창조성을 치료하고 싶어
　　하는 것이다.[6]

　　진단적 분석을 위한 도구로서 정신질환자들의 미술을 이용하는 유럽
정신의학계에 반대하면서 뒤뷔페가 예술의 근원과 그 필요성을 "개인의 심층에
서 일어나는 것의 즉각적이고도 직접적인 투사"로 보았다는 것은[7] 우리의 입장
에서 매우 흥미롭다. 왜냐하면 그것은 예술의 사회적 기능에 초점을 맞춰온 미술
사의 방향을 다시 창작자 개인의 동기와 필요에로 돌리는 것이기 때문이다. 미국
에서 있었던 뒤뷔페의 1957년 연설의 원고를 다시 읽어보면, 10여 년 뒤 협회의
차원에서 움직이기 시작한 미술치료의 당위성을 그가 이미 예견하고 있었던 것처
럼 들린다.[8]

논리적 사고는 지적 과정 전체로 보면 극히 표면적인 일부에 지나지 않는다는 믿음, '부분의 합은 전체와 다르다'는 게슈탈트 심리학(Gestalt psychology, 형태심리학)적 명제의 수용, 전체를 파괴하는 분석주의에 대한 비판, 문어는 수많은 언어 체계들 중의 하나에 지나지 않는다는 인식, 그리고 그에 따른 제반 언어에 대한 새로운 관심 등이 미술치료를 태동시킨 배경이었다. '죽은 상태에 있는 사물들을 이 세상으로 더 힘있게 마술적으로 불러내는' 시각 언어는 다시 뜨거운 삶을 표현의 중심에 놓는다. 그리고 그 삶의 주체자인 창작자의 '춤추듯 활동적인 내면의 심리 상태가 바깥 세상을 향하도록 그 문을 활짝 열어주는' 언어야말로 미술 본래의 치유적인 표현력을 최대한 행사할 수 있게 해주는 언어이다.

광기와 창조성

그런데 뒤뷔페와 같이 정신질환자들의 미술에 매료되었던 예술가들은 중요한 한 가지를 놓치고 있었다. 즉, 그들이 찬양한 야만스러울 정도로 순수하고 본능에 충실한 진실된 그림들이 그들 작가들의 정신적 혼란과 고통 속에서 태어난 것이라는 사실을 너무 쉽게 간과하고 있었던 것이다.

정신질환자들의 미학에 대한 일종의 동경이라 부를 수 있는 이러한 낭만주의적 태도는 어떻게 보면 훨씬 전부터 서구 사회에 존재해온 '천재―광기'론의 반영이라고도 볼 수 있다. 천재성과 광기성을 동일시하려는 이 같은 경향은 학계의 논쟁에서부터 시작하여 호기심 많은 일반인들에게까지 퍼졌는데, 19세기 말 많은 저작들이 마치 유행처럼 중요 미술가들과 문인들 그리고 음악가들의 정신병리에 대해 쓰여졌다는 사실은 그러한 대중적 호기심을 입증한다.

그러한 경향의 흔적은 지금까지도 예술가들에게 따라다니는 '미친놈,' 혹은 '괴짜'라는 이미지에 그대로 남아 있는데, 실제로 정신적 문제를 가지고 있었던 고흐나 뭉크, 폴록 등이 위대한 미친 예술가의 대명사처럼 인식되는 것도 놀라운 일이 아니다. 참다운 예술은 엄청난 정신적 갈등과 고통 속에서 비로소 태어나는 것이고, 그러한 아픔을 지불하고 나야만이 위대한 예술가로 승화할 수 있다는 식의 사고가 예술가들에게도 어느 정도 남아 있다.

그러나 사실 천재적 창의성과 정신질환적 생산성은 그 사고 과정이 상이한 것임이 이후 현대의 많은 학자들에 의해 밝혀졌다. 30여 년간 하버드 대학에서 각계의 학자들이 모여 창의성에 관해 연구 결과를 밝힌 것에 의하면,[9] 창의적 사고는 명료한 의식과 체계 및 노력과 끈기가 수반되는 강한 동기성이 필요하기 때문에 어느 날 문득 광기로 작업을 하는 '미친 천재'라는 통상적인 이미지는 전혀 근거가 없는 것이라 한다.

그 연구팀을 이끈 로덴버그는 창의적 사고의 특징을 '야누스적 과정(Janusian process)'과 '동공간적 과정(Homospatial process)'으로 이름 붙였다. 그에 따르면, 창의적인 예술가나 과학자들은 얼굴이 앞뒤 쌍방을 향하고 있는 신화 속의 야누스처럼 정반대로 대립되는 것들 혹은 반(反)명제들을 동시에 가능한 것으로 생각해볼 수 있는 능력이 있고, 또한 여러 가지 요소들을 한데 뒤섞어 이전까지는 존재하지 않았던 새로운 조합, 새로운 질서들을 만들어내는 능력도 가지고 있다고 한다. 그러나 이는 극도의 정신적 긴장을 견뎌낼 수 있는 자아의 강인함을 필요로 하기 때문에 정신질환자들에게서는 발견되지 않는 특징이라고 그는 덧붙인다. 정신적 혼란 속에서 새로운 질서와 의미를 뽑아내려는 심리적 동기는 위대한 창조적 인물들에게서나 정신병자들에게서나 공통적으로 발견되는 것이지만, 그 과정의 차이로 인하여 그들의 결과는 결코 같지 않다는 것이다.

또 다른 흥미있는 연구로, 케이 제이미슨 박사는 최근 조울증과 예술가의 창조욕구 간에 통계적으로 의미 있는 상관관계를 발견한 바 있다.[10] 그에 의하면 정신적으로 문제가 있다고 알려진 많은 예술가들이 실제로 조울증을 앓고 있었으며 그들의 조절하기 힘든 감정의 기복과 그에 따른 혼란이 예술의 창작으로 이어졌다는 주장이다.

어떤 식이든 위대한 예술가들의 창조성을 광기의 영감과 연결시키려는 이 천재—광기론에 대한 논쟁은 아직도 흥미진진하게 계속되고 있다. 어떨 때는 낭만주의적 시각으로 근사하게 미화되는가 하면, 한편에서는 예술가 배척적인 입장에서 교묘히 이용되기도 한다. 사실 이 천재—광기론은 그리스 철학으로까지 그 기원을 찾아 거슬러올라간다.

이상적인 국가 건설에 있어 예술이란 위험한 것이라 보았던 플라톤은 참된 실재의 세계를 '모방' 한 현상계를 다시 '모방' 한 열등한 예술에 대해 논하고 있다. 그는 예술가들은 자기가 알지도 못하면서 아는 것처럼 행세하는 거짓말쟁이거나 무슨 말인지도 모르면서 어떤 광기에 의해 지껄이는 미치광이라고 생각했다. 그러면서도 그는 '성스러운 광기'에 대한 불분명한 경외심을 가지고 있었는데, 플라톤에게 예술은 신적인 이념에 의해 영감을 받은 탁월성과 더불어 도덕적 타락성이라는 이중적인 측면을 지니는 것이었다.

천재—광기론을 학문적으로 자리군힌 이탈리아의 체사레 롬브로소 역시 이와 비슷한 맥락을 보인다. 당시 국제적으로 엄청난 영향력을 가지고 있던 인

류학자요, 범죄학자요, 정신과 의사였던 그는 6판째가 되도록 전세계적으로 팔려
나간 그의 책『천재와 광인』[11])에서 천재성을 '도덕적 정신이상'이라 정의 내렸
다. 당시의 학문적 성향을 그대로 반영하여 진단과 분류에 우선적 관심이 있었던
롬브로소는 환자들의 미술에서 정신병리의 시각적 증거를 제시할 수 있는 잠재적
가치를 발견하고 흥분했다. 그들 미술의 미술사적 혹은 미학적 가치에는 전혀 관
심이 없었던 그는 대신 천재 예술가들에 대한 자신의 진단을 증명하기 위해 그들
자료를 이용했던 것이다. 결국 천재들이란 유전적인 퇴행성 정신병으로 고생하는
사람들이라는 '진단'이 내려졌다.

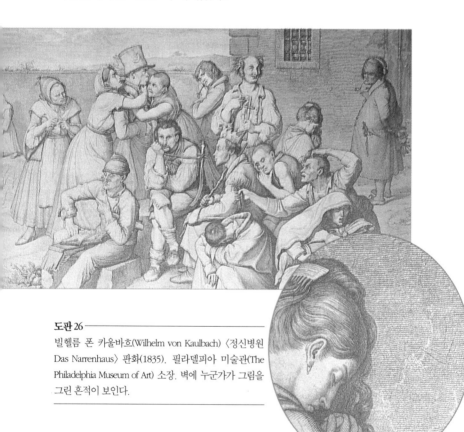

도판 26
빌헬름 폰 카울바흐(Wilhelm von Kaulbach) 〈정신병원
Das Narrenhaus〉 판화(1835). 필라델피아 미술관(The
Philadelphia Museum of Art) 소장. 벽에 누군가가 그림을
그린 흔적이 보인다.

도판 27
윌리엄 호가스(William Hogarth) 〈베들레헴〉(1735년) 시리즈 판화 중 제8판 "난봉꾼이 되는 과정(The Rake's Progress)". 프린스턴 대학 미술관(Princeton University Art Museum) 소장. 우주적인 시각을 가진 한 정신병자가 벽에 그림을 그리고 있다.

도판 28
정신병원의 풍경을 많이 그린 도판 27의 화가 윌리엄 호가스도 결국엔 정신병원에 갔다. 폴 센드비(Paul Sandby)의 동판화 작품 〈작가가 미쳤다〉. 런던 대영박물관(British Museum) 소장.

감금된 정신병 환자들이 부족한 재료와 열악한 환경 속에서도 자발적으로 창작에 몰두하는 것을 목격한 것은 비단 롬브로소뿐만은 아니었다. 어떤 이는 벽을 파서 그림을 그리고, 어떤 이는 급식으로 나온 빵을 씹어 조각을 하는가 하면, 어떤 이는 간부들에게서 구한 몇 가지 재료로 매일같이 수십 장의 그림을 그려내곤 했다. 당연히 의사들은 그 이해할 수 없는 창작욕을 의아하게 생각했고, 더불어 창조의 신비에 대한 학문적인 연구와 발표를 재촉하지 않을 수 없었다.[12]

그러나 정신질환자들의 미술을 힘있는 예술적 진술로 인정하기 시작한 것은 정신과 의사나 정신분석가들의 연구 때문이 아니라 이 장의 도입 부분에 언급했던 예술가들의 관심 때문이었다. 그들은 정신의학계에서 학문적 호기심의 대상으로 분석되고 파헤쳐진 정신질환자들의 미술을 그 자체로 예술의 영역으로 편입시키고자 했다. 그들의 시각이 천재와 광인을 등가시하는 서구의 오랜 선입견을 암암리에 반영하는 것이라 해도, 미술의 창작 과정 그 자체의 치유적 힘을 믿는 미술치료사의 입장에서 본다면 그들 예술가들의 관심과 노력은 따로 연구할 만한 가치가 있다.

그런데 여기서 한 가지, 뒤뷔페가 맞다면 '문화적으로 훈련된 의식 때문에 방해받지 않는 인간 본연의 것들'을 정신질환자들은 바로 그들의 조건 때문에 직접적으로 포착해내어 표현할 수 있는 걸까? 그렇다면 왜 그 많은 종류의 사람들 중에서 오직 예술가만이 이전까지는 무시되었던 정신질환자들의 미술에 그같이 감정이입이 잘된 열광을 보이는 걸까? 이는 미술치료와 관련하여 상당히 중요한 문제를 제기한다. 왜냐하면 그것은 심리학자나 정신분석가이기 이전에 미술치료사가 예술가이기를 요구하는 현대 미술치료학계의 추세와도 관련이 있기 때문이다.

다소 이론적으로 멀리 돌아가야 하지만 여기서 다시 한 번 랑크의 이론을 소개함으로써 이에 답해보려 한다. 인류문화사적으로 방대한 그의 연구는 예술의 시작을 종교와 함께 보고 있는데, 그에 따르면 예술 발생의 문화심리학적 동기는 죽음에 대한 공포에 있다고 한다. 그의 설명을 요약해보자.[13]

문화란 인간의 자연성, 즉 태어난 이상 늙어 죽어야 하는 존재 조건에 대한 공포스런 의식으로부터 출현했다. 최초에 그것은 영혼이라는 개념을 만들어 그를 공고히 하려는 집단적인 노력으로 전개되었다. 신체의 유한성을 넘어 영혼의 세계에서 영생한다는 기본적인 종교의 가르침이나, 그러한 종교의 믿음을 시각적으로 뒷받침하고 설득하기 위해 제작된 수많은 미술 작품들을 보라. 개인의 측면에서 본다면, 모든 인간은 그러한 존재론적 딜레마, 즉 자기 의사와 상관없이 태어나 모체로부터 독립하여 하나의 완성된 개체로 발달하는 것을 평생의 과업으로 알고 살다가 결국은 그 목적에 위배되게 다시 원점인 죽음으로 돌아가야 하는, 그 딜레마를 어떻게 다루며 사느냐에 따라 자신의 성격과 운명을 결정하게 된다.

여기서 앞서 본 세 가지 성격의 유형이 다시 제시되는데, 평균형은 그 근본적인 문제에 대해 사회에서 통념적으로 제시하는 방법론들을 따르면서 안일하게, 그러나 그렇기 때문에 자기 자신의 존재 조건에 크게 맞닥뜨리는 일 없이 건강하게 살아가는 사람들이다. 반면, 사회에서 주어진 것들에 실망하거나 의문을 품기 시작하는 사람들은 스스로 새로운 가치와 방법론을 찾아낼 만큼 창의적인 사람이 아니라면 다시 사회의 품으로 돌아갈 수도, 그렇다고 본연의 공포와 갈등으로부터 달리 벗어날 길도 없어 신경적으로 무너지게 된다. 창의적 유형과 신경증적 성격은, 그것이 개인의 능력 때문이든 환경 때문이든 간에, 본연의 어떤 것을 꿰뚫어보는 사람이라는 점에서는 공통적이다.

그러나 인류가 애초부터 함께 극복하기 위하여 노력해온 긴 역사를 볼 때 개인 혼자서 그 존재론적 딜레마를 창의적으로 극복한다는 것은 (불가능한 것은 아니지만) 힘에 겨운 일이다. 그렇기 때문에 창의적인 유형의 사람이라 하더라도 정신적으로 무너지기는 쉽다. 랑크는 신경증적 유형과 창의적 유형을 '쌍둥이'의 관계로 표현하였는데, 그를 보면 왜 예술가들 중에 그토록 많은 사람들이 때론 질환에 가까운 정신적 문제들을 가지고 있었는지를 이해할 수도 있다.

하지만 랑크는 신경증적 유형을 '실패한 예술가'라 부른다. 예술가의 쌍둥이 형제인 신경증적 유형은 창의적인 생산을 끊임없이 해낼 자아의 힘이 약하여 내면의 갈등과 혼란에 완전히 무너져버린 사람들로서 자기만의 좁은 세상에서 불안과 공포에 떨며 문을 닫고 사는 사람들이다. 반면, 새롭게 창출된 자신의 세계를 언젠가는 깨어날 자기만의 착각이나 환상이 아닌, 근본 문제의 참된 극복이라 생각하고 싶은 창의적 인간들은 끊임없이 그를 세상에 공표하고, 스스로 확인하고, 다른 사람들로부터 동의와 인정을 받고자 노력한다. 그러고 보면 정신병원에서 자신만을 위해 홀로 예술을 하는 환자들과 세상에 자신이 발견한 진실을 알리려고 부단히 노력하는 예술가들 사이에는 커다란 차이가 있다. 그리고 바로 이 점에 우리 미술치료사들이 환자들에게 해줄 수 있는 역할과 기능이 잠재해 있다. 혼자만의 세상을 사람들과 나누는 것, 그리하여 앞에서 설명한 진실과 현실을 가능한 한 가깝게 좁혀보는 것, 그것에 미술의 치유적인 힘이 내포되어 있는 것이다.

우리는 혼자만이 알고 있는 무서운 진실의 늪에 갇혀 허우적대는 신경증적 환자나 아예 바깥으로의 문을 차단하고 혼자만의 망상의 세계를 펼치는 정신분열적 환자들을 만난다. 우리 미술치료사가 할 수 있는 일은 그들에게 세상과의 소통의 길을 열어주고, 그들 스스로가 자아를 굳건히 하고 문제에 직면하여 스스로 그를 극복할 수 있는 대안을 찾아내도록 돕는 것이다. 그것은 근본적인 문제 해결이 될 수 없을지도 모른다. 단순히 표면적인 삶의 문제를 뛰어넘어 사회와 문화 전체를 개입시키거나 나아가 실존 그 자체의 딜레마에서 비롯된 문제라면 그 어느 누구도 그 문제를 해결할 수는 없다. 그러나 대안적인 극복의 길은 얼마든지 있을 수 있다. 그것이 희망이란 이름의 거짓이든, 언젠가는 또다시 새로운 것을 찾아나서야 되는 현재의 착각이든 간에 늪에서 빠져나올 길은 얼마든지 있는 것이다. 우리는 우리의 '실패한 예술가'들에게 그것을 발견하게끔 도와줘야 한다.

뒤뷔페는 어느 편집증적 정신분열자를 옹호하면서 새로운 가치, 새로운 의미, 새로운 세계의 창조가 정신병 환자나 예술가들에게 어떤 의미가 있는지 이야기한다.

우리는 고립화라는 말을 그 단어의 진정한 의미에서 이렇게 이해할 수 있다. 그것은 개인과 다른 사람들, 개인과 세상 간에 설정된 거리로, 크게는 모든 영역의 것들에 관한 평범한 시각에 대한 거부, 즉 세상을 인식하는 전통적인 방법들을 일종의 막다른 골목으로서 거부하는 것을 의미한다. 그것은 의도적으로 상식적인 세계관을 새로운 교정판으로 대치하고, 정신적 부도와 자포자기적인 수용으로 나아가는 대신 환희와 축제를 향한 새로운 통찰과 실천의 체계로 그를 대치함을 뜻한다. 그리고 바로 이 강렬한 기쁨의 상태야말로 그 '미친놈'이라고 불리는 사람이 목표로 하는 것이다. 그의 눈에는 현실이라는 것이 얼마든지 수정될 수 있는, 잘못된 시각들의 결과물일 뿐이다. 그 광인은 개혁가이다. 그리고 새로운 체계를 만들어놓고 자신의 발견에 들떠 있는 발명가이다. 그는 삶에 열정적인 가치를 부여할 수 있는 사람이다. 그리고 바로 이것이야말로 예술가들에게 요구되는 바이다. 창작이라는 것이 고립의 상태를 넘어 새로운 세계의 개념을, 새로운 삶의 원칙들을 제시하는 데 실패할 때 그 작업이 왜 가치 없는 것이 되고 마는지를 그가 우리들에게 이야기해주는 것이다.[14]

랑크의 의견을 뒷받침이라도 하려는 듯, 뒤뷔페는 예술가와 정신질환자의 창조적 과정의 어려움을 이렇게 표현하기도 한다.

예술가들의 특징으로 불리는, 이른바 '천부적인 재능'이라는 것이 현재 우리의 사고 방식으로 볼 때 아주 널리 퍼져 있는 것이라고 한다면, 그 재능을 완전한 자유와 순수함으로 실천에 옮길 용기와 강인함을 가진 사람들은 극히 드물다. 그렇게 하기 위해서는 스스로를 사회적 학습과 조건화로부터 해방시켜야 하며, 그렇지 않다고 해도 최소한 그로부터 상당히 거리를 둔 입장을 취해야 하기 때문이다. 그런데 사회학자들은 이러한 자유를 '고립화'라 부르면서 하나의 반(反)사회적인 태

도로서 바라보고 있다.[15)]

그렇다면 미술치료는 '실패한 예술가'들에게 무엇을 줄 수 있을까? 맨몸으로 진실 혹은 현실이라는 골리앗 앞에 나서려는 연약한 다윗에게 우리들이 집어줄 수 있는 무기는 무엇일까?

정신분석학은 일단 심층의 문제를 의식하게 되는 순간 문제의 반은 해결된다고 본다. 그러나 환자들이 진정 필요로 하는 것은 '문제가 무엇인지를 분석하여 아는 것' 그 이상이어야 한다. 그들을 단순히 진실이라는 거인 앞에 발가벗겨 대면시켜놓는 것은 공포의 늪을 더 깊이 파는 것과 같기 때문이다. 우리는 그들의 손에 맞서 싸울 무기를 집어주어야만 하며 마지막 순간까지 큰 소리로 응원하며 그들의 뒤를 지켜주어야만 한다. 진정 카리스마가 있는 정신분석자들은 분석 이외의 다른 치료적 요소들, 즉 신뢰감, 확신이 있는 말투, 믿음이 가는 희망의 제시, 모범이 될 수 있는 그 자신의 인격 등등을 통해 치료를 달성한다.

우리가 환자들에게 줄 수 있는 것은 그가 집어든 돌멩이 하나만으로도 거인을 때려잡을 수 있을 거라는 희망이며, 실제로 그 거인을 때려잡을 수 있게 만들어주는 다윗 자신의 자기 믿음과 확신이다. 진실과 공포라는 손에 잡을 수 없는 거인은 실제로 우리의 다윗을 해칠 수 없다. 그것은 다윗 자신의 마음속의 이미지요 불안일 뿐이며, 그 '심리적 현실'로서의 거인은 이번에 못 이긴다 해도 내일 또 내일 그 스스로가 굳건함과 용기만 있다면 언제든 쳐부술 수 있는 대상이기 때문이다. 우리는 바로 그 같은 용기와 희망을 심어주려 노력한다. 언젠가 우리가 뒤에서 지켜보지 않는다 해도 잃어버리지 않을, 근본이 튼튼한 용기와 희망을 그들이 단단히 몸에 익히게끔 도와주는 것이다. 그리고 여기서 미술은 그들이 창의적으로 사고하고 안전하게 연습해볼 수 있는 장을 제공하며 우리와 우리의 다윗이 서로 마음이 통할 수 있는 효과적인 언어를 제공한다.

그리고 우리 미술치료사는 자신도 실패한 예술가일 수 있고, 아니면 실패할 뻔한 예술가이기에 우리의 쌍둥이 짝을 더욱 잘 이해할 수 있는 것이다.

그림이 있는 나의 이야기 둘

미술 작품들에 드러난 나의 문제들

우울증에 심하게 걸렸을 때 나는 더 이상 그림을 그릴 수가 없었다. 창작을 위해 요구되는 정신적 에너지가 고갈되어, 혹은 내면의 자기 억제와 갈등에 탕진되어 원만하게 흐르지 못했고, 그림이라도 그려야겠다는 목표의식이나 의욕도 완전히 상실해버린 상태였기 때문이다. 따라서 미술치료를 공부하면서 내가 직접 치료의 대상이 되어 학교에서 참여해야 했던 미술작업이나 필수 과정으로 2학기 내내 들어야 했던 실기 수업들은 당시의 내겐 고역과 같았다. 작품들에 언뜻언뜻 비치는 불안하고 어지러운 내용들, 회색빛 마음과 같이 어눌하고 단조로운 색감, 막다른 곳에서 발전적인 한 걸음도 보이지 않는 스타일상의 문제들이 그러한 어려움을 말해준다.

  본격적으로 심리학과 심리치료학을 공부하면서 내가 배운 것은 나의 문제가 어떻게 설명이 될 수 있으며, 비난을 해야 한다면 원인 제공자로 누구를 혹은 무엇을 비난할 수 있을 것인가였다. 일차적으로는 (현대의 추세가 그렇듯이) 부모님이 그 대상으로 떠올랐고, 다음에는 가까운 관계에 있는 사랑하는 사람들이, 그리고 사회나 제도상의 억압이나 모순들이 그 비난의 대상이 되었다.

그때 그렸던 그림들은 하나같이 나의 어지럽혀진 삶의 단편들을 보여준다. 일관된 주제를 지향한 것이 아니었음에도 당시 내 문제들은 미국에서 보낸 4년여 동안 몇 가지 공통된 주제를 가지고 그림 속에 나타난다. 첫째는 어머니로부터 심리적으로 독립해야겠다는 굳은 결심과 그와 영원히 하나가 되고 싶다는 이율배반적인 바람이 그 주제였다. 둘째는 사랑하고 싶다는 강한 욕구와 그럼에도 결혼으로 영원히 묶여서는 안 되겠다는 다짐이, 셋째는 그러한 갈등들로 인한 상처를 반복적으로 되새김하며 그에 대한 간단한 해결책으로 죽음을 동경하는 모습이 그것이었다. 모두 인간관계에 대한 갈등적 원망(願望)에서 비롯된 것이라고 할 수 있다. 그런데 그러한 표면적인 문제들이나 병적인 증상들이 20~30분 동안 별 생각 없이 끄적여본 그림들에 아주 명백히 드러났다는 사실은 지금도 나를 섬뜩하게 한다.

오랫동안 낙서 한 장 하지 않다가 어느 날 자발적으로 그림을 그려야겠다는 충동이 강하게 일었다. 미국에서 정신치료를 처음으로 받기 시작하던 때였는데 부모님이 미국에 오실 일이 생겨 반년 넘게 기다리던 감격의 상봉을 눈앞에 두고 있었다. 그런데 부모님을 뵌다는 사실이 내겐 왠지 불편하게만 느껴졌다. 외로운 타향살이에 아는 얼굴만 만나도 반가워야 할 터인데 웬일인지 공항에 나가는 날을 손꼽아 기다리면서도 나는 이유 없는 불안에 어쩔 줄을 몰랐다. 그래서 답답한 마음에 펜을 들어 그림을 그리기 시작했다. 집에서 가지고 온 사진 몇 장을 뒤져 손에 잡히는 것 한 장을 들고 급히 베껴 그리기 시작했는데, 대학 졸업식 때 한국에서 어머니와 찍은 사진이었다.

| 이야기 그림 2 | 졸업

그림을 그리게 되는 과정은 참으로 묘하다. 미술에는 언제나 주제와 내용과 형식이 있게 마련인데, 주제란 간단히 말하자면, 작가에게 창작의 모티프를 주는 인물이나 사물 혹은 아이디어를 말한다. 미술에 있어 일종의 시작점이 된다고 할 수 있다. 작가는 보통 어떤 주제가 주는 특별한 감정들에 이끌려 그를 그

려보고 싶어진다. 졸업식 때 나란히 서 있는 나와 어머니의 모습에서 당시는 미처 인식하지 못했던 어떤 강한 느낌을 받은 나는 자연스럽게 그를 그림으로 옮겨 보고 싶어졌다.

　　작가는 선, 형태, 색 등의 시각적 요소들을 조작하면서 이제 '어떻게' 그를 그리면 가장 좋을까를 고민하게 된다. 〈그림 2〉에서도 직접적인 자료가 된 것은 실제의 사진이었지만 그것이 그림으로 형식화되는 중에 원본은 상당 부분 생략되고 변형이 되었다. 결과적으로 그려진 그림은 이런 모습이다. 주변에는 아무도 없고, 어머니는 춥고 바람 부는 바깥에서 엉거주춤 딸을 감싸안고 있다. 두 사람은 서로 다른 곳을 바라보고 있다. 나는 바람에 사각모가 날아갈까 한 손으로 그것을 움켜잡은 채 어딘지 모를 먼곳을 응시하고 있다. 둘의 주변에는 이상한 회오리가 감싸고 있다. 사실 난 배경처리를 어떻게 할까 고민을 많이 했다. 그러다가 약간의 따스한 분위기만 준다고 칠한 선들이 그만 지저분하게 뭉개져버려 하는 수 없이 두 사람의 상체만 남겨놓고 아예 암흑으로 처리해야 했다.

　　주제와 형식이 시각적으로 일치되어가는 그 긴 창작 과정은 자신이 욕구했던 내용, 즉 애초에 '왜' 그 주제를 택했는가를 표현하는 것으로서 매듭짓게 된다. 내용은 작가의 감정을 드러내는 것이다. 따라서 〈그림 2〉에서 읽혀지는 최후의 내용은 이런 것이라 말 할 수 있다. '졸업'이라는 원래 사건이 말해주듯이 나는 어머니로부터 졸업을 하고 싶다. 그러나 세상은 춥고 바람부는 만큼 따스한 품이 더 필요한 곳이다. 어머니는 바람을 막아주려는 듯 나를 가볍게 끌어안았다. 그러나 몸을 살짝 비껴 먼곳을 향하고 있는 나는 그러한 어머니의 따스함에 아랑곳하지 않으려 한다. 하지만 졸업이라는 말이 상징하는 바라든지, 두 사람을 묘사하고 있는 자태가 이야기해주는 것과 다르게, 검은 회오리의 배경은 오히려 두 사람을 더욱 단단하게 하나로 묶고 있다. 결국, 벗어나야 하지만 벗어나고 싶지 않은 마음의 갈등을 그림의 여러 형식들이 복합적으로 보여주고 있는 것이다. 바다 건너 멀리 벗어나 있지만 다시 찾아오시는 어머니에 대한 마음속 깊은 반가움과 괴로움이 그러한 갈등을 그림 속에 표면화하게 했다.

계획하지 않고 끄적이다 의외의 작품으로 완성된 또 다른 어머니의 그림이 있다. 첫 번째 치료가 실패로 끝나고 몇 년 뒤 다시 두 번째로 치료를 받을 때 그린 것이다. 햇살 좋은 어느 날 오후, 집에서 우편으로 보내온 사진 한 장을 바라보면서 별 생각 없이 스케치를 하다가 그려진 그림이었다. 보고 있던 사진은 어머니가 어린 조카를 끌어 안고 계신 모습이었는데, 그 결과는 나 자신도 깜짝 놀랄 그림이었다.

| 이야기 그림 3 |
나를 죽이고 있는 것입니다, 어머니!

조카는 어느새 뿌리가 들린 죽어가는 나무로 변형되었고, 어머니를 칠한 빨간색은 검은 배경 때문에 더욱 새빨갛게 느껴져 애매한 미소와 함께 흡혈귀 같은 무시무시한 느낌을 만들어냈다. 그림을 그리고 나서 나는 북받치는 감정에 펑펑 울었다. 내 머릿속에 현실화된 어머니라는 사람이 결국엔 이런 모습이었구나 하고 탄식하지 않을 수 없었던 것이다. 그것은 세상에서 말하는 숭고한 어머니도, 보통 상식적으로 떠들어대는 고마운 어머니도 아니었다. 내 안에서 받아들이고 싸우는 나의 어머니는 그녀의 감쌈으로 오히려 나의 뿌리를 메마르게 하는, 그녀의 사랑을 뿌리치면 칠수록 내게는 더 큰 숨쉴 공간이 생기는 그러한 끈끈한 붙듦으로서의 어머니였다. 그렇다고 실제로 어머니가 내게 해가 되려 하셨다거나 내 인생을 망치려고 하셨다는 말은 결코 아니다. 나에게도 어린 딸이 있지만, 어머니는 어머니로서의 할 몫을 다하신 것이었다. 하지만 실제가 무엇이든 간에 그에 대한 나의 주관적인 현실은 아주 달랐다. 외양의 현실과 내면의 현실 간의 그 끔찍한 차이가 누구에게서 온 것이었건, 문제는 내가 그렇듯 경험하고 있는 현실로 괴로워하고 있다는 것이었다.

재능이 많으셨던 나의 어머니는 잠재력을 펼 모든 기회를 헌납하고 한 남자의 아내로, 세 아이들의 어머니로, 그리고 헌신적인 딸과 며느리로 평생을 바쁘게 사셨다. 그래서 그런지 당신의 외동딸만큼은 '여자'가 아닌 한 '사람'으로 키우려고 노력하셨다. 집에 늦게 들어와도, 술을 먹어도, 남학생들하고만 어울려 다녀도, "아버지께 들켜 큰소리만 나게 하지 않는다면" 어머니는 특별히 말씀이 없으셨다. 해외 여행 자유화의 일착으로 세계로 내보내주시고, 오빠들보다도 먼저 외국 유학도 보내주셨다. '여자'라는 이유로 토를 다는 일도 없으셨고, 스스로가 책임질 수 있기만 하다면, 사랑이건 모험이건 능력이건 마음껏 발휘하고 살라는 주의셨다. 그러나 어머니가 제공하는 자유와 기회의 뒤에는 내가 진정 필요로 했던 어머니의 따뜻한 조언이나 보살핌이 없었다. 자유를 주는 데에는 나에 대한 철저한 믿음이 있었고, 기회를 주는 데에는 나의 능력과 실행에 대한 벅찬 기대만이 있었다.

　　내게는 어머니의 인정이 최상의 만족이었고, 어머니를 기쁘게 해드리는 것이 최고의 기쁨이었다. 어느새 나는 어머니가 슬쩍 암시하는 바, 흘리듯 던지시는 말에도 민감하게 반응하게 되었고, 어머니의 바람, 어머니의 가치가 자연스럽게 내 것이 되어버린 순간 내가 진정 무엇을 원하며 무엇을 필요로 하는가는 완전히 잊어버리게 되었다. 어느새 어머니는 나를 통해 사셨고, 나를 통해 성취하셨으며, 나를 통해 모험을 즐기셨다. 그것은 공생의 관계와 같은 것이었지만, 어머니 자신이 정작 그것을 원하지 않으셨을 수도 있다. 그러나 '내 안'의 어머니는 그런 모습으로 계셨다. 나를 뒤에서 단단히 받쳐주고 계시지만 내 안의 수분과 양분을 자신의 것으로 빨아 흡족해하시는 미소. 아직 줄기도 잎새도 살아 있지만 나는 뿌리가 뽑힌 채 서서히 말라가고 있었다.

　　랑크는, 어머니의 자궁 속에 착상하여 하나의 개체로 자라나지만 철저히 모체에 의존하여 살 수밖에 없는 태아의 상태에 주목했다. 그는 그러한 융합의 느낌이야말로 모든 인간이 공통적으로 기억하며 평생 동안 동경하는 '전체와의 하나됨'이라고 묘사한다. 열달 동안 어머니의 안전한 뱃속에서 지내다가 전체와 떨어져 바깥 세상으로 밀려나오게 되는 신체적 탄생이 인간에겐 심리적으로 커다란 충격일 수 있다는 것이다.[16] 이후 어린아기는 하나의 독립된 개체로서 스스로를 개별화하는 것을 평생의 목표로 알고 살지만 결국엔 다시 죽음으로써 자신의 개별성을 잃고 흙으로 되돌아가게 되는 딜레마를 안고 있다. 그러면서 그 개별적인 개인들이 살면서 벌이는 모든 행위나 문화적인 업적들은 태초의 그 융합의 느낌, 즉 '나보다 큰 어떤 것과의 하나됨'을 재경험하기 위한 시도들이라 설명한다. 이성간의 사랑도 그러한 융합의 느낌에의 동경에서 비롯되는 것이고, 종교나 그 밖의 크고 작은 집단에서의 활동도 하나의 커다란 전체 속에 자신의 개별성을 묻으려는 인간적인 갈망이라고 본다. 그러나 인간은 하나됨을 갈망하지만, 그 자신의 발달 과업이 그러하기에, 스스로의 개별성을 확인하려는 욕구 또한 동시에 가지고 있다. 그렇기 때문에 인간은 살면서 여러 가지 갈등적인 상황들을 만들어내고 그로 인해 괴로워하는 것이다.

| 이야기 그림 4 |

일어서서 두 눈을 감고 허공에서 팔을 휘두른 뒤 여전히 두 눈을 감은 채 크고 자유로운 팔의 동작으로 그림을 그린다. 그런 다음 눈을 뜨고 그 그림을 완성한다. 이 작업에서 눈을 감는 이유는 이성의 억제 작용을 최소화하기 위한 것이고, 팔의 동작은 신체의 커다란 동작들을 이용하여 내면의 자료들을, 즉 감정이나 연상되는 기억들을 좀더 자유롭게 이끌어내기 위함이다. 이 미술치료 작업에서 나는 수면 위의 석양을 그렸는데, 논리적이지는 않지만 그 아래에는 물결이 역류하는 모습을 그렸다. 그런데 가만 보면 그 바다의 원 속에는 태아와 같은 형태가 숨어 있다. 자궁으로의 회귀, 즉 모체와의 합일을 꿈꾸고 있었다고 할 수 있다.

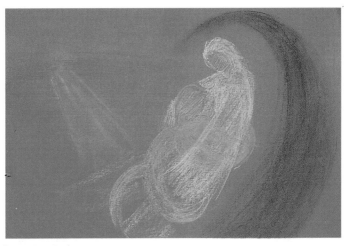

| 이야기 그림 5 |

주제 없이 그린 자유 그림들 속에는 불분명한 두 형체가 서로 엉켜 있는 모습들이 자주 등장했다.

　나에게 있어 연애와 사랑이란 어머니와의 관계에서 가졌던 똑같은 갈등이 반복되는 경험이었다. 하나가 되고 싶지만 하나가 되어서는 안 되는 상황, 간절히 원하지만 차라리 원해서는 안 되는 상황들. 육체적 결합이 주는 경험도 마찬가지였다. 하나로 합일되는 것 같은 순간이 지나고 나면 언제나 어색하게 나누어져 있는 서로 다른 두 몸뚱어리를 발견하는 극명한 자의식의 순간이 왔다. 결혼이라는 제도적인 결합도 다르지 않았다. 외로움을 영원히 해소할 수 있는 한 방법 같았지만, 동시에 나를 잃고 전체(가족)를 위해 희생될 것이 두려워 거부할 수밖에 없는 조건이었다. 그것은 또한 어머니와 똑같아짐으로써 어머니를 배신하는 것이기도 했다. 하지만 그 대립되는 욕구들은 서로가 늘 팽팽하게 당기고 밀어 겉으로 볼 때는 언제나 똑같은 패턴을 반복하고 있는 것처럼 보였다. 결과는 언제나 갈등뿐이었고, 갈등은 나의 젊은 에너지를 한없이 배수시킬 뿐이었다.

| **이야기 그림 6** |
내 안에서 불타오르는 사랑에 대한 정열이 그에 대한 부정적인 결과를 암시라도 하는 듯 검푸른 연기를 뿜으며 타고 있다.

| 이야기 그림 7 |

교회 앞에 신부 옷을 입고 서 있는 나. 그
러나 결혼으로 연장시킬 사랑의 불꽃은
나의 발목을 붙잡은 채 그냥 불타오르는
것으로 끝난다. 사랑에 오히려 화형당하
고 마는 느낌이다. 화려해야 할 교회는
죽음의 교회당처럼 어둡고 우울하다. 도
저히 들어설 수 없는 문인 양 그 아래 구
획처럼 그어진 선이 날카롭다. 나무들의
색도, 신부를 둘러싸고 교회의 안까지 퍼
져 있는 보랏빛 배경도 칙칙하고 신경질
적이다. 한쪽에는 '왜 나만(Why only
me)?'이란 절규가 쓰여 있다.

| 이야기 그림 8 | 빈 병

폐품을 이용한 만들기. 마스크 모양의
귀고리를 레이스 조각에 싸서 빈 유리
병에 구겨넣었다. 병 속의 그것이 다시
는 나오지 못하도록 단단히 뚜껑으로
틀어막고, 감옥처럼 보이게 붉은 줄을
죽죽 그은 뒤, 그 위에 '내 삶에서 사라
져 줘(Get out of my life)!'라고 썼다. 결
혼에 대한 나 자신의 욕구를 억압하려
는 시도였던 것 같다. 그 안에 갇힌 내
한 측면을 바라보며 스스로에게 무엇
을 위험스럽게 생각해야 하는지 늘 상
기시키고 싶었는지도 모른다.

95

미술치료 대학원 과정에 입학하면서 만든 나의 첫 미술치료 작품은 그러한 반복되는 패턴에서 벗어나고 싶다는 나 자신의 강한 열망을 표현하고 있다(《그림 9》). 또 다른 미술치료 작품에선 덕지덕지 눈앞에 쌓여 있는 경험의 편린들을 스스로 꿰뚫어 문제의 핵심에 도달하겠다는 욕심도 표현되어 있다(《그림 10》). 하지만 당시 내가 바라보는 나 자신은 커다란 상처를 안고 말없이 눈물만을 흘리는 어리석은 모습일 뿐이다(《그림 11》).

| **이야기 그림 9** |
담당 선생님이 미리 잡지들에서 오려 모은 문장들을 테이블에 늘어놓으셨다. 그리고 첫눈에 끌리는 문장 혹은 문장들을 집어 그를 그림으로 이미지화해보라고 하셨다. 나는 미술치료를 공부하는 나 자신의 동기를 '감옥을 뚫고 나오라!'는 문장을 통해 형상화했다.

| 이야기 그림 10 |

옆모습의 나(오른쪽). 색종이로 중첩
되어 있는 나 자신의 과거(왼쪽). 그
를 일맥 상통하게 꿰뚫어보고 싶은
마음(검은색 시선).

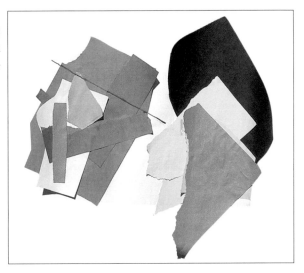

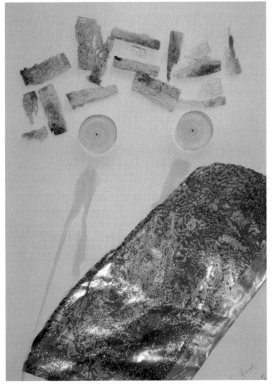

| 이야기 그림 11 |

잡다하게 모여 있는 폐품을 이용하여
만든 작품. 진실을 흡수하고 싶다는 듯
머리에는 수세미를 오려 붙이고, 불을
밝힌 초로 모든 것을 명료하게 보고 싶
다는 열망을 눈에 담고 있다. 하지만
한쪽 밑으로 쏠려 있는 입과 얼굴을 가
로질러 나 있는 커다란 상처는 그 모든
것이 쉽지 않다는 것을 말해준다. 그림
을 들어 설명을 할 때 촛농이 흘러내
려, 명료한 시각이라는 두 눈의 묘사에
배반적으로 그만 눈물이 흘러버렸다.

이후의 그림들에는 모두 '갇혀 있다,' '알고 싶지만 보고 싶지 않다,' '뭐가 뭔지 알 수 없다' 등의 이미지들이 반복되어 있다. 엉킨 철조망에 꼼짝없이 갇힌 토끼는 빠져나오려고 움직일 때마다 가시에 살갗을 뜯긴다(〈그림 12〉). 동굴 같이 깊게 벌린 입으로 비명을 지르는 사람은 더 이상 보지 않겠다는 듯 두 눈을 가리고 있다 (〈그림 13〉). 그러나 바깥으로부터 정보를 계속해서 얻고 싶은 마음은 활짝 펴진 접시 안테나로 표현되어 있다(〈그림 14〉). 그럼에도 모든 것은 아직 암흑 같은 상태라서 언뜻언뜻 문제의 형태만이 조금씩 보일 뿐이다(〈그림 15〉). 결국 시간이 흐를수록 내 자신은 분열만 되어갈 뿐이다. 조화롭게 통합된 자아로서 성장을 계속한다는 것은 이제 불가능한 일인 것처럼 느껴진다(〈그림 16〉).

| 이야기 그림 12 |

손을 떼지 않은 채로 재빨리 자유로운 곡선을 얽히게 그린 뒤 그를 가만히 응시한다. 이제 곡선들 위로 어떤 이미지가 떠오르면 그에 첨삭을 가하여 이미지를 구체화한다. 아무런 의미도 없는 애매한 자극 (낙서) 위에는 주관적인 심리 투영이 최대화될 수 있다는 것이 원리이다. 당시의 관심사나 걱정 혹은 현재의 감정들이 그 위로 쉽게 투사되는 편이다.

| 이야기 그림 13, 14, 15 |
연작 기법이다. 처음에는 자유 그림
을 그리고, 두 번째는 낙서 위에서
이미지 보기를 하고, 세 번째에는
크게 팔을 휘둘러 직선 곡선의 연습
을 한 뒤, 마지막에 다시 자유 그림
을 그리는 작업이다.

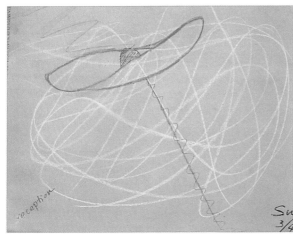

두 번째와 세 번째의 작업은 상
상력과 연상력을 높여준다. 또
한 내면을 밖으로 표출하는 데
억압적으로 작용하는 것들을 최
소화하기도 한다. 마지막의 자
유 그림은 첫 자유 그림과 비교
할 때 보다 깊은 내면의 이야기
를 보여주는 게 보통이다.

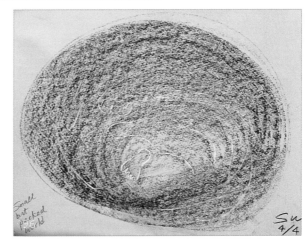

| 이야기 그림 16 | 등분

당시 나는 여러 가지 이상한 증상들을 가지고 있었다. 다른 일을 하면서, 혹은 다른 생각들을 하는 중에 손가락을 칼로 베이는 장면들이 불쑥불쑥 삽입되기도 했다. 또 가끔씩 영화 필름을 돌리듯 주변이 아주 느리게 움직이는 때도 있었는데, 그럴 때면 구름 위를 걷는 것 같은 몽실한 느낌에 현실이 현실처럼 느껴지지 않았다. 걷고 움직이는 내 몸이 남의 몸처럼 느껴지고 실제로 어디에 부딪치거나 상처가 나도 전혀 아픈 줄을 몰랐다.

가끔은 머리에서 이상한 소리도 났다. 분명 내 목소리인 것 같은데 의미 없는 말을 중얼중얼거리면서 멈추질 않았다. 그렇게 되면 시간에 대한 감각이 완전히 달라져 뇌의 한쪽에선 모든 게 빠르게 느껴지고 다른 쪽에선 그것이 아주 느리게 돌아가는 것 같았다.

막연하게 자살도 꿈꾸곤 했다. 그림에서도 죽음의 이미지는 자주 등장하는 편이었다. 한 예로, 두 사람이 짝을 지어 서로 말은 안 하고 그림으로만 주거니 받거니 소통하여 한 장의 그림을 완성하는 작업을 한 적이 있다. 상대가 나의 어둡고 무서운 이미지를 벗어나려고 최대한 노력을 했음에도 그림은 악마나 유령들이 날아다니는 모습으로 끝이 나버렸다(〈그림 17〉). 또 한 번은 길을 걷다가 새로운 재료로 활용해볼 수 있겠다 싶어 잔디의 흙을 조금 담아 수업에 가져간 적이 있다. 각자가 준비한 재료의 개성을 최대한 살려 그것을 작품으로 이미지화하는 작업이 주어졌다. 나는 무엇보다도 흙 냄새에 주목했고 특별한 계획 없이 그 냄새를 따라 테이블에 준비된 잡동사니들을 이용하여 만들기를 시작했다. 그런데 나도 모르게 만든 것이 무덤이었다(〈그림 18〉).

| 이야기 그림 17 | 두 사람이 함께 그리기

　　미술치료 시간에 문제가 되었던 또 다른 그림이 있다. 그 역시 나는 별 생각 없이 만든다고 한 것이었는데, 그 강렬한 이미지와 문제성 있는 내용으로 친구들과 선생님이 걱정을 많이 했던 기억이 난다. 작업은 잡지의 사진들을 이용하여 콜라주를 하는 것이었다. 나는 어느 유명한 여자 배우가 욕조에 몸을 담그고 있는 사진을 우연히 발견했다. 뭐 별다를 것도 없는 아주 조그만 사진이었는데 아마도 그 은밀한 자세가 재미있다고 생각했던 것 같다. 작품을 위해 나는 아주 강렬한 주홍색 도화지를 집었다. 그리고 거의 보색에 가까운 파란색으로 사람의 팔다리를 오려 붙였다. 잠시 후 별 생각 없이 어느 과학 잡지에서 오린 여성의 자궁 사진을 아랫배쯤에 붙였다. 그 바로 위에는 기름기가 질펀하게 있는 음식 사진도 붙였다. 얼굴에는 고대 건축물에서 흔히 발견하게 되는 괴수의 돌 조각상 얼굴을 붙이고, 그 바로 옆에 단정한 석고상 얼굴도 나란히 붙였다. 각각의 사진들에는 따로 문장들을 오려 붙였는데, 아수라 백작 같은 양면의 얼굴에는 '누구든 너의 비밀을 알아내려는 자와 싸우라(Defy anyone to guess your secret)' 라는 말을, 배 한가운데의 음식 위에는 '마음의 평화를 위한 최상의 처방(The best prescription for peace of mind)' 을, 그리고 자궁 양 편으로 벌려져 있는 다리 한쪽에는 '마음껏 생을 탐식하라(Indulge your appetite for life)' 라는 표현을 붙였다. 그런데 문제의

주인공은 애초의 사진처럼 편안히 몸을 담그고 쉬는 모습은 아니었다. 그것은 물 속에 가라앉으면서 살려달라고 버둥거리는 모습이었다.

사실 나는 섭식 장애라고 부르는 증상으로도 고생한 적이 있다. 아주 심각해서 그 자체만으로 병원에 갈 정도는 아니었고, 또 한국에서는 다이어트에 대한 여성들의 지나친 염려와 관심 때문에 병

| 이야기 그림 19 | **식탐**

적인 것으로 구별되기도 힘들었지만, 한 때는 거식증으로 영양실조가 되어 아무도 모르게 쓰러진 적도 있고, 그 이후로는 다식증으로 패턴을 바꿔 주기적인 과식과 단식을 반복했던 때도 있었다. 거식증의 유형에는 먹고 나서 바로 구토를 유발하거나 설사약을 상용하는 등의 종류도 있지만, 나의 경우는 먹자마자 몇 시간씩 운동을 하여 먹은 것에 대한 불안과 죄책감을 상쇄시키는 식으로 진행되었다. 미국에 있을 때는 아픈 배를 움켜잡으면서 커다란 시리얼 박스 한 통을 앉은 자리에서 다 먹어치우고 다음날까지 굶으면서 하루 종일 운동을 하기도 했다. 여자들은 물론 생리 주기와 관련되어 식욕 패턴에 변화를 갖기는 하지만, 그것으로 인하여 다른 생활을 하는 데 지장이 있거나 몸도 마음도 망가지는 정도라면 우리는 그것을 장애라 부른다. 과식과 지나친 운동을 매일같이 반복하느라 하루 종일 다른 일을 할 시간이 없을 정도였던데다가 위에 늘 부담을 주어 심한 소화장애가 있었으며, 오로지 먹는 일이 관심의 전부라 한시도 불안해하지 않은 적이 없었으니, 그때의 나는 장애가 있었다고 말해야 할 것 같다.

당연히 같은 과 친구들이 그런 나에 대해 갖는 이미지는 어둡고 문제 많은 모습이었을 게다. 하루는 짝을 지어 서로 신체의 본을 떠서 상대방을 그 위에 묘사하는 작업을 한 적이 있는데, 나와 짝이 된 친구는 무슨 으시시한 영화에나 나올 듯한 모습으로 나를 그렸다(〈그림 20〉).

이제 나는 무언가를 알아내려고 애쓰는 것을 포기했다. 그것은 정말 지치는 작업이었고, 또 발견하고 알아내는 것이 있다 해도 그것이 삶에 있어 변화가 되기까지에는 너무나 힘들고 괴로운 과정이 기다리고 있었다. 차라리 현재의 괴로움을 지겹도록 표현해보는 것은 어떨까. 짓누르는 감정들을 표현하고 확인하

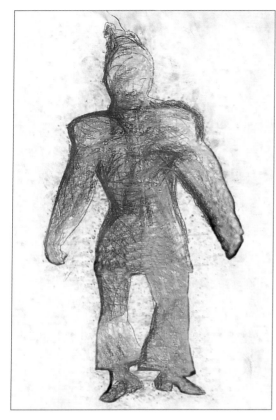

| 이야기 그림 20 |

신체 본뜨기는 상대의 몸을 따라 굴곡을 그대로 그려가면서 아주 가깝게 접촉을 해야 하기 때문에 성적인 문제나 다른 신체적인 문제를 가지고 있는 사람에게는 주의해서 사용해야 하는 기법이다. 자신이 그대로 본떠지는 경험은 날카로운 자의식의 순간을 제공하며, 그 동안 가지고 있던 자기 자신의 이미지를 현실적으로 다시 생각해볼 기회도 준다. 자신이 적당하다고 느끼는 친밀함의 수준도 어느 정도인지 확인해볼 수 있다.

고 또 표현하고 확인하다 보면, 어느 날 나 스스로 그에 무감각해져서 그저 진부하고 상투적인 감정이라 웃어버릴 수 있지 않을까.

그러나 지향하는 바 없이 그저 감정을 외쳐대기만 하는 것은 아주 어려운 일이었다. 매사에 이성적인 논리로 사고했던 내겐 단순한 감정의 표현이란 아주 낯선 것이었다. 머리를 최대한 억제하고 가슴만을 열어두려면 계획적이고 컨트롤이 잘 되는 드로잉류의 작업은 적합하지 않다. 하지만 너무 우연적이거나 흐트러지는 재료를 난 원래부터 싫어했다. 모든 것이 내 손 안에서 철저히 통제되지 않기 때문이었다.

하루는 청소년 정신병원에서 일을 하면서 어린 환자들과 핑거 페인팅이라고 불리는 작업을 했다. 커다란 도화지에 물감을 잔뜩 묻혀 손으로 마구 문지르며 화면을 구성하는 것이다. 워낙 움직이는 동작이 크고 차갑고 미끈미끈한 느낌이 좋아서 계속하다 보면 깔깔거리며 즐거운 분위기가 된다. 제멋대로 감정을 실어 아무 생각 없이 움직이는 그들의 두 팔을 보며 나는 은근히 질투를 느꼈다. 비록 내 적성에는 맞지 않지만 그들처럼 작업을 해보는 건 어떨까. 용기를 내어 손바닥에 물감을 가득 묻혀 문질러보았다. 묘한 느낌이 들었다. 손자국과 함께 섞이고 밀리는 물감의 두터운 층이 생각과 상관 없이 그냥 느낌으로만 직결되는 것 같았다. 하도 재미가 있어 나중엔 노래까지 부르면서 나는 연달아 세 장을 그렸다. 탈피, 탈피, 탈피 그것은 내 자신의 정해진 한계에서 완전히 탈피하는 기분이었다.

그 작업 이후 나는 물감을 이용한 우연적인 방법을 최대한 활용할 수 있었다. 주로 물감을 붓거나 흘려서 잘 말린 다음 나중에 그 계획되지 않은 형태의 느낌을 살려 그 위에 덧그리는 식이었다. 그렇게 해서 만든 첫 그림에 '상처'라고 제목을 붙였다. 괴물들이 튀어나올 것 같은 수풀을 뚫고 마구 뛰어가는 장면이다(〈그림 24〉). 두번째의 그림은 나의 '과거' 이다(〈그림 25〉). 핏빛 나는 빨간색 도화지, 끈적끈적 유기적인 형태로 말라 붙은 노란색 덩어리, 그 구석구석 숨은

| 이야기 그림 21, 22, 23 |
핑거 페인팅

| 이야기그림24 | 나의 상처

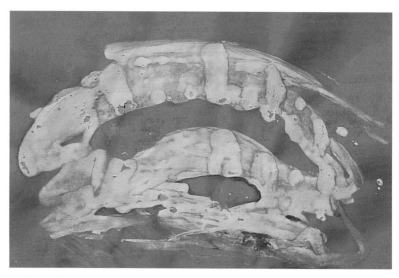

| 이야기그림25 | 나의 과거

| 이야기 그림 26 | **나의 현재**

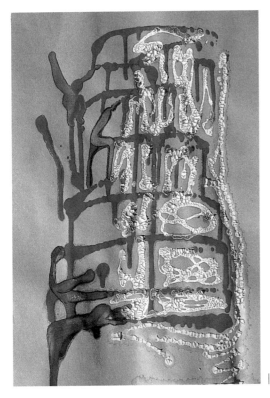

| 이야기 그림 27 | **나의 미래**

그림찾기처럼 여자들의 나체가 박혀 있는 그림이다. 신경질적으로 힘이 넘치는 검은 원형의 선 속에서 쳇바퀴 돌리듯 뛰어 다니는 사람들은 '현재'의 내 모습이다 (〈그림 26〉). 나의 '미래'는 이렇게 기반부터 무너지고 있어 기를 쓰고 올라가 봐야 아무 소용도 없는 층층의 탑이다(〈그림 27〉).

이 시리즈는 내 안에 덩어리진 어떤 감정들을 계속해서 밖으로 풀어 헤치게 도와주었다. 상처—과거—현재—미래를 완성하고 나자 나 스스로 이젠 이런 감정도 정말 지겹다는 생각이 들 정도였으니, 이 작업이 일종의 해독 작용을 한 셈이다.

이제 문제가 되는 행동적인 패턴도 보았고, 기본적인 삶의 갈등도 알았으며, 표면적으로나마 그것들의 원인도 규명해보았다. 아픔도 아픔으로 마음껏 소리질러 보았으니 이제 남은 일은 무엇일까. 상처가 스스로 아물게 기다리면서 내가 할 수 있는 일은 그 모든 것이 하나의 교훈으로 영원히 기억될 수 있도록 적절히 의미화 하여 뜻 깊게 남기는 것이다. 이제 미술은 그러한 작업을 도와줄 차례였다.

제3장

무엇이 우리를 불안하게 하는가?

존재론적 딜레마

앞장에서 나는 예술가와 신경증적 인간은 쌍둥이의 관계에 있다고 말한 바 있다. 불운해서건, 능력 때문이건 그들은 모두 현실에 회의를 품고 있고 그와는 다른 자신의 진실을 대면하고 있다.

불운한 경우, 어떤 이는 부모님이 아주 어려서 이혼을 하신 바람에 사회가 홍보하는 단란한 가족의 이미지를 애초부터 믿기 힘든 거짓말이라고 생각할 수 있다. 또 어떤 이는 옆집에 잘 아는 누군가에게, 혹은 친척에게 성적으로 폭행을 당한 경험이 있어 사회가 강조하는 윤리니 도덕 따위가 얼마나 기반 약한 이데올로기인가를 알고 있을 수도 있다. 혹은 잘못한 것도 없는데 계속해서 폭력의 희생물이 되어야 하는 사람은 인간은 선하다는 믿음 혹은 권선징악이라는 옛말이 얼마나 설득력 없는 것인가를 꿰뚫어보고 있을 수도 있다.

그들은 모두 남들이 떠들어대는 말에 가슴 아픈 불신을 가지고 있고, 남들이 그들을 멀리 할 진실을 가슴에 꼭꼭 담아두고 있는지도 모른다. 더 운이 없게는, 그 결과로 그들이 갖게 된 특별한 사고방식이나 행동들이 그들을 세상으로부터 조금씩 더 멀어지게 격리시키고 있는지도 모른다. 심한 경우 어떤 이들은 세상과 전혀 소통이 되지 않는 자기만의 세상을 만들어 이쪽과 저쪽에서 분열된 채 살아가고 있는지도 모른다.

개개인의 삶의 경험들은 사람들이 현실을 감각하고, 저장하고, 검색하고, 산출하는 데 독특한 개별성을 부여한다. 우리가 보기에 일반적이라고 생각되는 것과 다르게 반응하고 행동하는 사람들을 보면 우리는 보통 그들의 경험이 그들을 '비뚤게' 만든 것이라고 말한다. 맞다. 그들은 일반적인 어떤 것에 비뚤게 나아가고 있다. 물론 비뚤다는 것이 반드시 틀렸다는 말일 수는 없다.

그런데 개별적인 '비뚤음' 외에도 우리 인간은 공통적으로 비뚤 수밖에 없는 어떤 조건을 가지고 태어났다. 파스칼은 그에 대해 이렇게 말했다. "인간은 어쩔 수 없이 미쳐서 미치지 않으려면 또 다른 형태로 미치지 않을 수 없다." 수수께끼 같은 이 말을 베커는 이렇게 풀이했다.[1] "인간은 '어쩔 수 없이' 미쳤다. 왜냐하면 그의 존재론적 이중성이 거의 고문에 가까운 딜레마를 던져주기 때문이다. 인간은 어쩔 수 없이 '미쳤다'. 인간이 자신의 상징의 세계에서 벌이는 모든 일은 그 자신의 터무니없는 숙명을 부정하거나 극복해보려는 미친 시도이다."

그렇다면 인간을 어쩔 수 없이 미치게 하는 그 딜레마와 숙명이란 무엇일까? 이것을 이해하면 인간으로서 갖는 기본적인 불안과 고통에 덧붙여 개개인이 갖는 삶의 힘겨움도 더 잘 이해할 수 있게 될 것이다. 뿐만 아니라 많은 예술가들이, 우리의 정신병원의 작가들을 포함하여, 이 세상에 대고 외치고자 하는 이야기의 핵심도 더 깊이 이해할 수 있게 될 것이다. 우리는 과연 무엇을 이야기하려 하며 무엇을 이야기할 수 있는 걸까?

존재론적 딜레마

인간 존재의 이중성이란, 너무 당연한 것 같지만, 우리는 몸과 마음으로 산다는 것이다. 자연으로서의 한계를 극복할 수 없는 육체를 가지고 있으면서 동시에 상징의 세계 속에 자신을 무한대로 확장시킬 수 있는 우리는 어쩔 수 없는 모순 덩어리다.

　심신의 문제는 수세기 동안 철학의 골치 아픈 논쟁거리였다. 미국 심리학의 대부 윌리엄 제임스도 인간의 심리를 다루는 모든 학문의 기본 문제는 바로 이 몸과 마음의 문제, 좀더 심리학적인 용어로 말하자면 뇌와 정신의 문제라고 했다. 몸도 뇌도 그 생물학적인 수명을 다하면 사라지게 되어 있지만, 우리의 위대한 정신은 죽음이라는 결말을 비현실적인 어떤 추상적 개념으로만 남겨두게 한다. 우리는 그 둘이 서로 배척적인 존재론적 범주인 양 논하고, 육체적 세계와 정신적 세계가 명확히 구분될 수 있는 서로 다른 세계인 양 이야기한다.

여타의 동물과 다르게 커다란 대뇌를 가지고 있는 우리는 만물의 영장이 되게 하는 '인간성'에 자부한다. 인간성이란 바로 우리의 의식이다. 거대한 잠재력으로 그것이 만들어내는 상징의 세계는 언어와 논리를 수단으로 얼마든지 확장될 수 있다. 그리고 그 안에서 우리는 시공을 초월하여 영원히 살아남을 수 있을 것 같은 착각에 빠진다. 한순간 우리를 덮치는 자연의 시간이 미처 그 모순을 제대로 깨닫기도 전에 우리를 그 자신의 품으로 되돌려버리기 직전까지, 사고하는 우리의 존재는 영원할 것처럼 생각된다.

랑크는 이 죽음에의 공포를 탄생시 아기가 갖게 되는 공포와 결부시켜 이야기했다. 순전히 생물학적인 분리의 첫경험이 어떻게 평생에 걸친 심리적 불안들의 원형이 되는가를 설명하면서 그는 우선 탄생의 모체인 어머니에 그 중요성을 부여한다. 어머니는 근본적인 위안처(자궁)인 동시에 고통의 근원(탄생)이다. 이는 거세(去勢)하는 아버지를 핵심에 두는 전통적인 정신분석학적 모델에는 위배되는 입장이다.

랑크는 아기의 입장에서 볼 때 탄생이란 자신의 정체성을 잃게 되는 매우 위협적인 사건이라 말한다. 태아에게 있어 정체성이란 자신을 포함하는 전체, 즉 어머니와의 관계 속에 있는 것이다. 그런데 아기는 모체와 하나로 연결되어 있던 상태에서 갑자기 자신의 전체를 상실하며 바깥으로 밀려나온다. 갓난아기의 자아에게 그것은 엄청난 심리적 '외상(外傷)'이 되고,[2] 결과적으로 심한 불안이 일어난다.

떨어져나온 그 개체에게 탄생이란 전체의 부분으로서의 정체성을 잃는 대사건이다. 하지만 그것은 또 이제 진정한 개체화가 시작됨을 의미하는 것이기도 한다. 그런데 바로 여기에 삶의 아이러니가 있다. 즉, 최초의 정체성은 전체(모체)의 부분이었지만, 탄생에 의해 그것은 평생에 걸쳐 개별적으로 획득되어야할 어떤 것이 되었다. 그러나 그것은 보다 큰 전체(그래서 우리는 자연을 어머니라고부르는지도 모른다)로 재용해됨으로써 어차피 상실될 수밖에 없는 운명에 있다. 결국 우리는 독립된 개체로서 살아나가야 하는 두려움에 덧붙여 어렵게 획득한 그정체성을 다시 잃을 것에 대한 불안도 안고 산다.

랑크는 그를 '생에의 공포'와 '죽음에의 공포'라 각각 이름 붙였는데,이는 혼동을 주기 쉽다. 이 두 공포는, 언뜻 그렇게 들리는 것처럼, 대조적인 공포는 아니다. 둘 모두 '산다'는 것의 모호한 의미를 들려줄 뿐이다. 꼭 집어 말할 수는 없지만 전반적으로 안전하지 않은 것 같은 느낌, 왠지 삶이란 것이 불안하고모호하게만 느껴지는 느낌, 바로 그 느낌에 공포가 있는 것이다.

살면서 중요한 관계를 상실함으로 인해 야기되는 여러 심리적 증상들의 배후에는 이 탄생의 외상이 있는 것 같다고 주장하는 학자들도 있다.[3] 탄생은인간 발달에 아주 중대한 영향을 끼칠 수 있다. 특히 아주 힘겨운 탄생의 경험은아기에게 문제 있는 인격 구조를 만들 수도 있다.

랑크의 주장을 의학적으로 뒷받침한 한 논문을 보면,[4] 갓난아기의 일차적인 외상은 우선적으로 신체적인 것이라 한다. 다시 말해, 자궁 속에서나 출생할 당시 아기가 갖는 감정이란 것은 실제로 몸에 일어나는 느낌이라는 것이다. 탄생이란 그 갓난 육체에게는 결코 잊을 수 없는, 거의 '재앙적인 수준의 신체적 습격'이다. 비록 짧은 동안이기는 하나 참아야 하는 그 고통의 양은 연약하디연약한 그 어린 육체에게는 실로 견디기 힘든 것이다. 우리와 같은 시간적 감각이 없는 아기에게 그것은 마치 '영원히' 지속될 것만 같은 고통이다. 당연히 아기는 일종의 경계 상태에 들어선다. 기존의 자궁 상태가 어떠했느냐, 그 아이 자신의 성격은 어떠한가, 그리고 이 참을 수 없는 고통과 씨름한다는 것이 얼마나 무익한 것처럼 느껴지느냐에 따라, 심하면 아예 신체의 모든 기능을 꺼버리는 수도 있다.

아기는 뇌 하부(lower brain)에 반사성을 가지고 있어 태어나는 동안 감각 기관에 넘치게 흘러들어오는 자극들이나 운동계의 활동 혹은 감정의 자발적인 표현 등을 억제하거나 차단할 수 있다고 한다. 의식이 전체적으로 감소되면 그것은 생존을 위해 싸울 능력이 줄어든다는 말이다. 그리고 그것은, 정도의 차이는 있지만, 아기가 분만의 과정에 협조하기를 거부하는 것이기도 하다. 산소의 공급이 나빠지고 거의 참을 수 없을 지경이 되면 태아는 더욱더 상황에 적합하지 않게 고투할 뿐이다. 결과적으로 그것은 산고의 시간을 늘리고, 이미 자신에게 불리한 조건들을 더욱 악화시키는 셈이 된다.

탄생이 이렇게 아기에게 엄청난 신체적 충격일 수 있음에도, 우리는 그러한 충격이 그에게 어떤 결정적인 영향을 남길 수 있다고는 생각하지 않는다. 물론 대부분의 상해는 시간이 흐르면서 회복되게 마련이다. 그러나 분명한 것은 탄생이란 어느 아기에게나 죽음에 가까운 경험일 수 있다는 것이다.

탄생의 경험은 아기의 신체에 어떤 느낌으로서 깊이 각인된다. 그 감정들은 언제든 다시 상징적으로 재현될 수 있는 어떤 방식으로 신경체계에 저장된다. 중추신경계에 남아 있는 그 원초적 고통은 뇌의 다른 영역들에도 어떤 관련된 계통들을 발달시키고, 후에 적응이 안 된 여러 문제 있는 행동들로 언제든 또 다시 표면화될 수 있다. 상부의 대뇌가 아직 제대로 발달하지 않은 아기는 자신에게 지금 무엇이 일어나고 있는지를 우리들과 같은 식으로 알지 못한다. 따라서 자궁의 환경 구조가 지나치게 미흡하거나 분만의 과정이 너무 힘겨우면 아기의 신체 기관들은 자동적으로 스트레스에 반응하게 되고, 생(生)이라는 것 자체를, 문자 그대로 위험한 것으로서 경험하게 된다.

아기에게 탄생의 고통이 얼마나 큰 것일 수 있는지 인식하지 못하는 부모들은 뒤에 아기가 그 고통을 제대로 소화할 수 있게끔 도와주지도 못한다. 신체적인 움직임들을 통해 아기가 그 고통을 표현하고 배출하려는 시도를 보이면 부모는 보통 그를 부정 혹은 견제하려 한다. 그러면 아기는 부모의 반응에 따라 자신의 고통을 막연하게나마 나쁜 것 혹은 바람직하지 않은 것으로서 인식하게 된다. 그리고 재빨리 발달하는 대뇌는 뇌 하부에 기록된 그 고통을 서서히 억압하고 '상징화' 하게 된다.

삶이 참을 수 없는 것이 될 때마다 대뇌는 고통을 차단하기 위해 분열적으로 움직인다. 다른 기능들은 원래 상태대로 두되 고통은 느끼지 못하도록 해야 하기 때문이다. 뇌의 상당 부분이 이렇게 억압을 위해 작용할 때 혹은 신경계가 지나치게 많은 고통을 감당해야 할 때, 사람은 자신이 처한 삶의 상황들에 제한적으로 혹은 전형적으로 반응하게 된다. 지나친 제한성 또는 전형성은 신경증 혹은 정신병적 행동들의 특성이다. 원래대로라면 자신과 세상에 대한 참다운 인식과 이해를 향해 활발히 움직이고 있어야 할 대뇌가 개방성을 닫아걸고 오로지 방어적으로만 기능하고 있는 것이다. 제대로 소화되지 못한 고통은 대뇌로 하여금 자신의 기저에 저장되어 있는 고통을 억압하려는 데 전력을 다하게 한다.

바깥 세상에서의 실제적인 위협과 상관없이 인간이 세상에 나면서 가지고 오는 이 같은 공포는 아직 구체적인 것은 아니다. 고통을 겪고 태어난 아기는 그 어렵게 획득된 삶의 모호한 결말, 즉 죽음에 대해 아직 아무런 개념도 없다. 그것은 막연하게나마 4~6세쯤에 얻어지는 개념이기 때문이다.[5] 그런데 그 원초적 공포는 어린이가 자라면서 겪게 되는 외부적인 경험들에 하나 둘 연계되기 시작한다. 랑크는 공포가 실제의 삶에 구체적으로 연계되는 이 과정이야말로 치유적인 것이라 말했다. 일반적으로 퍼져 있는 내면의 공포가 그렇게 객관화되고 '부분화' 되면 우리는 이제 그 엄청난 공포를 자기가 감당할 수 있는 어떤 것이라고 생각할 수 있기 때문이다.[6]

자아에 대한 모든 위협들에 대처하면서 바깥 세상에 적응하는 데 부분화는 꼭 필요한 것이다. 생활에 적응이 잘된 사람은 자신의 피할 수 없는 결말을 향해 아주 조금씩만 삶을 떼어 바친다. 이것은 에너지를 아낌으로써 삶을 연장시키려는 지극히 자연스러운 시도이다. 하지만 이러한 부분화와 단편화는 심리적으로 결코 쉬운 작업이 아니다. 랑크에 의하면 부분화를 못하는 사람들은 다음의 두 가지 경향 중 하나를 보인다.

모든 경험마다, 그것이 아무리 하찮은 것일지라도, 자신의 전부를 던지는 경향이 그 하나다. 그러한 사람들에게는 경험(삶)이 곧 자신이기에 그를 단편화한다는 것은 곧 자기 자신을 단편화하는 것과 같다. 그들은 그렇게 함으로써 자신의 개체성, 즉 정체성을 잃게 될 것이 두렵다. 또 다른 하나는 자신의 전부를 삶으로부터 철저히 분리시키려는 경향이다. 그들에게는 산다는 것이 곧 소비요, 죽음이기 때문에 삶을 철저히 저지해야 할 필요가 있다. 전자의 부류를 랑크는 예술가적 유형(혹은 그들로 대표되는 창의적 유형), 후자를 신경증적 유형이라고 불렀다. 두 부류는 모두 삶을 부분화하는 데 성공하지 못한 사람들로서, 어떻게 보면, 매사를 '전부가 아니면 아무것도 아니다'는 식으로 생각하고 살아가는 사람들이다.

신경증 환자들을 이해하는 데 있어 랑크는 그들의 증상에만 초점을 맞추지 않고 그것이 그들에게 제공하는 심리적 보상들에 더 많은 관심을 보였다. 그에 의하면 신경증은 환자들이 자신의 공포를 다루기 위해 나름대로 창조한 기능이다. 제3자의 눈에는 바람직하게 보이지 않지만, 당사자에게는 그 나름의 순기능을 가지고 있는 것이다. 랑크는 신경증형 인간이야말로 존재의 형이상학적 문제를 가장 진지하게 고민하는 사람들이라 말한다. 신경증은 인간의 본성에 대해 우리에게 많은 것을 가르쳐준다는 말이다.

신경증의 목표는, 간단히 말해 공포를 줄이는 데 있다. 그래서 생의 충동을 끊임없이 억제하려는 노력처럼도 보인다. 신경증 환자들은 생의 욕구를 표현하려 하면 혹은 하게 되면 반드시 스스로를 자책하고 비난하는 모습을 보인다. 그러나 또 자신들이 삶의 모든 가능성을 무시한 데 대해 심한 죄책감에 시달리기도 한다. 그 죄책감은 자신을 더욱 비난하고 벌을 내리는 동인(動因)이 되고, 그 악순환은 꼬리에 꼬리를 물고 이어진다. 결과적으로, 공포는 줄었는지 모르지만, 그들은 살아도 산 것 같지 않게 산다. 죽음을 모면하려고 하지만 그들의 노력은 되레 파멸의 과정을 앞당길 뿐이다.

물론, 대부분의 사람들은 삶의 경험에 자신을 완전히 내던지지 않는다. 전체의 대체물로서 그들은 부분만을 제시하기 때문이다. 부분적인 삶의 실천들이 모여 전체를 형성해가는 것, 이것이 평균형의 방식이다. 반면, 신경증형의 사람들에게는 하나의 행동이 곧 전부가 된다. 그들에게는 하나가 전부고, 전부는 끝이며, 끝은 곧 죽음이기 때문에 삶의 작은 하나도 취할 수가 없다. 그러나 삶이라는 것은 계속해서 부분적인 실천을 요한다. 신경증형도 살아 있는 한 그 요구를 따르지 않을 수 없다. 결국 신경증형은 그 자신의 내면을 분열시킨다. 행동상의 실천으로 자기 자신을 부분화하지 못하는 신경증형은 자신의 존재론적 갈등을 그렇게 내면적 분열로써 결말 짓는다. 신경증형은 경험에 자신을 내주고 싶으나 내줄 수가 없다. 부분적인 것이 될 수도 없고, 그렇다고 전부를 줄 수도 없기 때문이다.

창조 욕구와 거짓말

현실에 대한 개개인의 감각이나 믿음이 어떠한 동인에 의해 생겨나는지 우리는 랑크가 설명하는 존재론적 불안으로 이야기하고 있다. 독특한 하나의 개체로 발달해야 할 과제를 안고 있으면서도 그 개체성을 잃어야 하는 운명을 지닌 인간은 그 같은 존재론적 진리에 맞서 살아갈 이유나 희망을 나름대로 만들어가야만 한다. 그러한 노력이 집단적인 차원에서 일어날 때 그것은 사회의 진실, 즉 우리가 보통 일컫는 현실이 된다. 사회 속의 모든 그러한 체계화된 신념들은 삶의 모호성에도 불구하고 이 세상을 아름답게 볼 수 있는 시각을 주려고, 혹은 열심히 살아가야 하는 이유, 아니면 믿을 만한 불멸의 대안들을 제공하기 위해 존재한다.

창조란 이런 것이다. 창조 욕구란 살기 위한 욕구이다. 그렇게 창조된 것들은 모두 살기 위한 거짓말들이다.

여기서 잠깐, 우리가 우리의 얼굴을 인식하는 방법에 대해 생각해보자. 우리는 몸의 다른 부분들은 바라볼 수 있으면서도 두 눈으로 직접 우리의 얼굴은 볼 수가 없다. 만져볼 수도 있고 느껴볼 수도 있지만 얼굴을 '보기' 위해서는 언제나 그를 비춰볼 수 있는 무엇인가가 필요하다. 우리가 우리 자신이라고 믿는 얼굴은 어찌 보면 일종의 일루전(illusion, 환상이나 착각)이다. 우리에게 우리의 얼굴을 확인하게 허락하는 거울들조차도 어디서, 어떻게 제작되었느냐에 따라 조금씩 다른 반영을 준다. 똑같은 거울이라 해도 어떤 조명 아래 있느냐에 따라 우리의 인상은 전혀 달라질 수도 있다. 친구들이 우리에게 묘사해주는 내 얼굴이라는 것 역시 자기네들 나름으로 생각하는 내 모습이다. 그럼에도 우리는 자신의 얼굴에 대한 어떤 확고한 이미지를 가지고 있다.

어쩌면 이것이야말로 삶의 부조리, 진실과 현실 사이의 신비로운 경계를 말해주는 것인지도 모른다. 우리는 어느 것이 우리의 진짜 현실이고 어느 것이 우리의 믿음인지를 확신할 길이 없다. 현실과 진실 간의 그 일루전으로서의 매개물이야말로 우리가 계속 자라고 살아가게 도와주는 것인지도 모른다.

베커는 우리의 삶의 양식이 모두 거짓말이라고 했다. 그리고 우리가 세상을 살아가면서 하나의 방패요, 전략으로서 앞에 내놓는 '성격'이란 것 역시 삶에 있어 '필수적인 거짓말'이라고 했다.[7] 우리 자신에 대해, 그리고 우리가 처한 상황 전반에 대해 기본적으로 가지고 있어야만 하는 부정직함이기에 필수적이라는 말일 것이다. 랑크도 경고하기를, 우리가 그 거짓말의 필연성을 의심한다거나 우리 자신의 믿음이나 진실들을 넘어 어쩌다 참현실에, 즉 존재론적 진리에 발을 들여놓게 되면 더 이상 일상에서 제대로 기능할 수 있는 힘을, 나아가 삶 그 자체를 잃게 된다고 했다. 그래서 그 거짓말은 필수적인 것이다.

　　우리가 진실이라고 믿는 믿음들이 사실은 현실에 부정직하고자 만든 우리 의지의 산물들임에도 우리는 마치 우리 자신의 진면모(眞面貌)를 아는 것처럼, 마치 자신의 얼굴을 확실히 본 것처럼 행동하며 산다.

　　주변에 있는 수많은 사람들을 보라. 자신들에 대해, 또 그들 주변에 대해 뭔가 정확한 용어들로 떠들고 있다. 그래 보았자 막상 이야기하고 있는 문제에 대한 그들 자신들의 생각들을 이야기하고 있는 것뿐인 데도 말이다. 그렇다면 그 생각들이라는 것을 한 번 분석해보자. 그것들을 언급하고 있는 듯 들리는 현실을 어떤 식으로도 반영하고 있지 않다. 조금 더 들여다보자. 떠들고 있는 사람들은 자신의 생각들을 현실에 적용시켜보려고조차 하지 않는다. (……) 삶이란 처음부터 혼돈이고 우리는 모두 그 안에서 길을 잃고 있다. 그들도 이 점을 알고 있다. 그들이 정작 두려운 것은 이 끔찍한 현실을 정면으로 맞서고 있는 자기 자신을 발견하는 일이다. 그래서 그들은 환상의 커튼으로 그를 덮어보려 한다. 그 안에서는 모든 게 명료하기 때문이다. 그들에게는 자신의 '생각들'이 진실인지 아닌지를 걱정할 필요가 없다. 그것들은 그들의 존재를 방어하기 위한 일종의 참호로 사용되고 있는 것일 뿐이다. 그것들은 현실이 놀라 달아나도록 들 앞에 세워놓은 허수아비인 것이다.[8]

이 인용문이 말하려는 것은 이것이다. 사람들은, 스스로 확신 있게 떠들어대는 말들이 알고 보면 거짓이라는 사실을 거의 인식하지 못한다. 인식할 필요도 없고, 사실 인식해서도 안 되기 때문이다. 여기서 '생각들' 이란, 랑크의 용어로는 '이데올로기' 이다. 이데올로기란 현실의 포악성으로부터 스스로를 보호하려고 개개인이 혹은 문화 전체가 머리 굴려 만들어낸 입담 좋은 거짓말이다. 인생의 모호함과 혼돈으로부터 (그것이 비록 착각이더라도) 어떤 명료한 이해와 의미를 도출할 수 있도록 만들어진 확고한 신념 체계인 것이다. 베커의 표현을 빌리자면, 그것은 일루전이요 거짓말이다. 살아가는 데 꼭 필요한 일루전, 근본적으로 치유적인 거짓말이다.

각각의 문화는 인간의 참 현실, 즉 그 자신이 자연의 한계를 지닌 동물이라는 사실에 대처하는 나름의 방식을 생산해왔다. 랑크는 그 중에서도 가장 탁월한 문화적 산물은 영혼의 개념이었다고 말한다. 문화는, 그것이 종교를 통해서건 예술을 통해서건 아니면 학문을 통해서건, 소멸되는 인간을 불멸의 존재로 보존하고자 최선을 다해왔다. 그리고 그 각각의 문화 속에서 개인은 자기 시대의 집단적인 이데올로기를 따라야만 하고 또한 따르기를 원한다.

그러나 개인이라고 다 사회에서 제공하는 이데올로기를 따르는 것은 아니다. 개별적인 정체성이 집단 속에 흡수되는 것 역시 어떤 의미에서는 죽음과도 같은 것이기 때문이다. 그 중에는 자신의 이데올로기를 만들어보려는 사람들도 있다. 그들이 진정으로 창의적인 사람이라면 그들의 개인적인 이데올로기는 문화 전체가 안식할 수 있는 또 다른 집단적 이데올로기가 될 수도 있다.

진실이란, 물론 그것을 쥐고 있는 사람에게는 지적인 기쁨을 가져다준다. 그러나 개인적인 진실을 추구하는 것이 언제나 즐거움만을 주는 것은 아니다. 인간이라면 누구나 자신의 진실을 찾음으로써 자기 자신을 표현하고 싶지만, 그것이 진정으로 기쁨을 주기 위해서는 모두에게 타당한 어떤 일반적인 내용을 담고 있어야 한다. 그렇지 않으면 그것은 오히려 개인을 고립시킬 뿐이다. 괴짜들의 혹은 정신병자들의 환상이라 치부될 수 있는 것이다.

개인의 진실이건 집단적인 진실이건 똑같은 심리적 필요에서 나온 것이다. 그러나 개별적인 진실은 사회로부터 동조나 격려를 받지 않으면 무너지기 쉽다. 여기서 개인과 사회 간의 복잡한 갈등이 생겨난다. 극도로 개인주의적인 현대 사회에서 이 갈등은 그 어느 때보다도 첨예하게 드러난다.

현대에는 더 이상 모든 개인을 하나로 흡수하는 안락한 전체로서의 힘을 가진 문화가 없다. 예전과 같은 절대적 힘을 잃어버린 종교는 개개인의 선택적인 신앙으로 축소되었다. 예술도 개개인의 심리적인 갈등이나 정신의 붕괴를 표현하는 수단으로 살아 있을 뿐, 예전과 같이 어떤 믿음을 뒷받침하기 위한 강력한 일루전의 도구로서는 기능하지 않는다. 우리 손에 남겨진 마지막 문화로서의 과학은 참현실이 무엇인지를 파헤치는 동력으로서만 움직일 뿐, 그것의 본질상 우리가 목말라하는 거짓말을 제공할 수 없다. 결국 전체적으로 통용되는 치유적인 힘으로서의 일루전이 없는 우리에게는 개개인의 초인간적인 노력과 발버둥만이 있을 뿐이다. 그런 뜻에서 신경증적 유형이야말로 현대 인간의 참다운 모습이라고 랑크는 말했던 것이다.[9]

현대인은 그 어느 때보다도 강한 자의식을 가지고 있다. 일루전을 잃은 자신의 내면을 철저하게 꿰뚫어보고 있다. 그러한 현대인이 숨쉴 수 있는 최후의 안식은 이제 스스로 객관화시킨 진실 속에서만 존재하는지도 모른다. 자신의 진실을 긍정적으로 확인하는 것은 기쁨을 가지고 의지를 행동화하는 것이다. 그것을 단순히 주관적으로만 인식하는 것은, 앞서도 이야기했듯이 고통스럽고 슬픈 일이다. 그러나 그것을 일반적인 진실이 될 수 있도록 건설적으로 변형시키는 일은, 그것이 여전히 일루전이라 하더라도, 창의적인 일이며 치유적인 것이다.

그런데 창조란 문화적인 것으로서 세상에 산출해낸 것만을 뜻하지는 않는다. 우선적으로 그것은 자기 자신을 창조하는 것이다. 모순 덩어리인 현실을 살아나가기 위해 스스로 거짓말과 방어 체계들을 만들어나가는 것, 즉 자신의 성격을 구축해가는 것을 말한다. 이러한 창조성이란 성장하면서 누구에게나 자연스럽게 일어나는 필연적인 충동이다. 그것은 압도적인 현실로부터 자기 자신을 지켜야 할 내면의 필요에서 일어나는 것이기 때문에 그렇다.

세상은 그 자체로, 만물도 그 자체로, 견뎌내기엔 너무나 많은 것을 준다. 어느 정도 마음의 평정을 가지고, 돌아다닐 힘과 방향성을 가지고 이 세상을 돌아다녀야 하는 우리로선 이렇게 감정적으로 버거운 지각(知覺)들을 그대로 가지고 있을 수는 없다. 그저 경외심에 입을 떠억 벌리고 닥치는 대로 눈에 보이는 위대하고 힘있어 보이는 것들을 전부 다 흡수할 수는 없는 노릇이다.[10]

우리보다 하등한 동물들은 본능의 세계 안에 안전하게 보호되어 있다. 작고 단순한 세상에 사는 그들은 쓸데없는 것들엔 시선도 주지 않고 자기들의 코

밑만 바라보고 살도록 생리 화학적으로 프로그램되어 있다. 그런데 자연은 하나의 불가능한 생물체를 만들어냈다. 이 인간이라고 불리는 동물은 자기의 코밑뿐 아니라 자기가 속한 세상 전체, 나아가 자기가 속하지도 않은 세상들 속의 경험에 자신을 완전히 드러내놓고 있는 것이다.

인간은 자기가 먹을 수 있는 것이 무엇일까뿐 아니라 이 땅에 자라는 모든 것에 대해 숙고할 수 있다. 인간은 지금 이 순간에만 사는 게 아니라 내면의 자아를 어제로 확장시킬 수 있고, 호기심을 몇 세기 전으로 돌릴 수도 있으며, 50억 년 이후에 식을 태양에 대해서도 걱정할 수 있고, 지금으로부터 영원에 대한 희망을 가질 수도 있다. 인간은 단순히 자기가 몸담고 있는 조그만 영토에서만 살지 않는다. 행성 전체도 모자라 은하계, 우주 그리고 가시적인 우주들을 초월하는 더 큰 차원들에서도 살 수 있는 것이다.[11]

따라서 인간은 엄청난 '경험의 짐'을 짊어지고 산다. 그리고 무리하게 쏟아져 들어오는 경험의 부담에 대처하기 위해 어떻게든 그것을 억압하고 차단하는 법을 배워야 한다. 바깥 세상에 벌어지고 있는 혼돈으로부터 자신의 평형성을 유지하기 위해 갖가지 전략들을 창조해내야 하는 것이다. 성격이란 주어진 환경, 자아의 강인함 그리고 타고난 창의력에 따라 세상에 대해 쌓아가는 스스로의 방어벽이다. 그리고 우리가 흔히 말하는 '발달'이란 이렇게 성격을 형성해가는 것을 말한다.

우리는 우리 자신과 무시무시한 삶의 현실 간에 우리 자신의 작은 세상을 짓는다. 그러곤 그 현실에 겁먹지 않고도 바라보고 살 우리들의 진실을 그 안에 채워넣는다. 우리는 우리의 작은 소우주에서 영웅으로 남아야 한다. 그래야만 우리는 우리의 삶을 통제하고 있고 이 세상에도 우리가 어떤 영향력을 끼칠 수 있다고 확신할 수 있기 때문이다.

그런데 종종 우리는 자신의 창조와 개인적인 잠재력에 오히려 불안한 듯 행동하기도 한다.

우리는 우리 자신의 최고의 가능성을 (가능성의 최하만큼이나) 두려워한다. 자신의 가장 완벽한 순간에 슬쩍 엿볼 수 있는 그 모습이 되기를 두려워한다. 최고의 순간에 스스로에게서 볼 수 있는 그러한 신과 같은 가능성들을 즐기고 그것에 전율하면서도, 우리는 그러한 가능성들 앞에서 동시에 부족함과 경외와 공포로 온몸을 떠는 것이다.[12]

이는 자기 자신, 자신의 개인적인 진실에 충실해지는 것에 대한 일종의 죄책감이라고도 할 수 있다. 우리가 가지고 있는 모든 의미들은 바깥으로부터 우리 내면으로, 즉 자신이 속한 사회와 문화에서 학습을 하면서 자기의 것으로 형성된 것이다. 그렇기에 우리는 온전히 순수하게 개인적인 존재가 될 수 없다. 세상을 부정한다는 것은 곧 자기 자신을 부정하는 것이기도 하기 때문이다. 더욱이 세상에 혼자 서 있다는 것은 세상의 모든 부조리와 위험, 그리고 자신의 소멸에 대한 근본적인 불안을 혼자서 다 직면해야 한다는 것을 의미하기도 한다. 그렇기 때문에 인간은 자신의 의지로 스스로의 세상을 창조해가는 바로 그 결정적인 순간에 오히려 움츠러들며 자신의 창조를 최소화하려는 것이다.

　　이러한 죄책감과 불안이 보여주듯이 인간과 문화, 개인과 사회는 떼려야 뗄 수 없는 밀접한 관계에 있다. 인간의 삶이란 '개별성'과 '융화'라는 기본적인 딜레마 속에 '자기 확인'과 '자기 포기'를 끊임없이 반복하는 것이다. 그리고 개개인의 의지와 그것을 지키려는 그들의 몸부림은 개인의 한계성을 초월하는 '그 어떤 것'을 갈망하며 더욱 강력한 문화의 힘 속으로 흡수된다.

그림이 있는 나의이야기 셋

희망의 필요를 다시 받아들이게 된 나

신(神)들은 시시포스에게 끊임없이 바위를 산꼭대기까지 굴려 올리는 형벌을 과했다. 그러나 이 바위는 그 자체의 무게로 말미암아 다시 산 꼭대기에서 굴러떨어지는 것이었다. 무익하고도 희망 없는 일보다도 더 무서운 형벌은 없다고 신들이 생각한 것은 일리 있는 것이었다. 시시포스 신화에서는 다만 거대한 돌을 들어올리지만 다시 굴러떨어지는, 그리하여 수백 번 되풀이하여 올리려는 긴장된 육체의 노력이 보일 뿐이다. 경련하는 얼굴, 바위에 비벼대는 뺨, 진흙으로 덮인 돌덩어리를 떠받드는 어깨, 그 돌덩어리를 멈추게 하기 위해 버티는 다리, 그 돌을 꽉 쥐고 있는 팔 끝으로 흙투성이가 된 인간의 믿음직한 손이 보인다. 하늘이 없는 공간과 깊이 없는 시간으로 측정되는 이 긴 노력 끝에 목표는 달성된다. 그때 시시포스는 돌이 순식간에 하계(下界)로 또 다시 굴러떨어지는 것을 보며, 다시 돌을 산꼭대기로 끌어올려야만 한다. 그는 다시 돌로 내려간다.[13]

청소년 시절 카뮈의 글을 읽은 후부터 나는, 어떤 이유에서건, 시시포스의 신화에 매혹되었다. 읽고 또 읽어 이 짧은 에세이를 거의 외우다시피 하기도 했다. 결국엔 아무것도 기대할 것이 없다는 것을 알면서도 전력을 다해 그 거대한 돌을 산꼭대기까지 들어올리는 그 바보 같은 영웅의 이미지는 항상 내 의식 속에 남아 있었다.

카뮈는 내가 제일 좋아하는 작가 중의 한 사람이면서 조금은 잘못된 오해를 받는 철학가이기도 하다. 그는 책들마다 우리에게 이러한 질문을 던진다. "참으로 중대한 철학적 문제는 단 하나다. 그것은 자살이다."[14] 그는 인생이 살 만한 가치가 있는가 없는가 하는 것을 판단하는 것이야말로 철학의 근본적인 질문에 대답하는 것이며, 삶에서 어떠한 행동도 하기 전에 우리는 먼저 이 문제에 답을 할 수 있어야 한다고 주장한다. 그런데 사실 그가 작품들에서 대답으로 제시한 것들은 하나같이 삶의 권태롭고 부조리한 모습들뿐이다. 그의 '주인공들(heroes, 영웅들)'은 삶이 과연 의미가 있는 것인가 없는 것인가를 때로는 심각하게, 때로는 일종의 제스처로 고민만 하고 있는 것처럼 보인다. 그래서 카뮈를 무정부주의적인 혹은 비관주의적인 작가로 인상 지우기도 했다.

그러나 삶이라는 갖가지 연극의 플롯들이 막을 내릴 때 그의 주인공들이 전하는 마지막 메시지는 자살이란 그러한 부조리를 다스리는 데 '적법하지 않다'는 것이다. 그의 주인공들은 하나같이 삶이란 살 가치가 있는 것이라 결론짓는다. 거친 황무지의 한가운데에서도 우리는 삶을 지속할 수단들을 찾아낼 수 있다는 것이다. 카뮈는 그것을 '희망'이라 이름 붙였다.

그런데 내가 정작 궁금한 것은 그는 도대체 어떤 의미에서 시시포스를 '부조리한 영웅'이라고 부를 수 있는 것일까였다. 어떻게 해서 카뮈는 그 끊임없는 절망에서 희망을 찾아낼 수 있다고 보는 것일까? 시시포스의 삶은 정말로 의미가 있는 것일까? 오히려 현실을 현실로 받아들이지 못한, 그야말로 천하에 어리석은 바보가 아닐까? 이에 대한 결론은 내게 훨씬 뒤에야 찾아왔다.

솔직히 고백하자면 나는 일치하지 않는 두 현실 속에서 살았다. 하나는 나의 '내면의 현실'이었고, 또 다른 하나는 내가 '저기 바깥'이라고 막연하게 부르던 어떤 세상이었다. 나는 언제나 그 후자의 세상에는 속해 있다고 느끼지 못했다.

당시 나는 대부분의 한국 가정과는 다르게 아주 개인주의적인 집안에서 자랐다. 우리집은 모두가 미술을 하는 사람들뿐이어서 남들과 '다르다' 혹은 '튄다' 하는 것이 자연스럽게 용납되는 분위기였다. 어머니는 나를 여자로서보다는 한 '사람'으로, 한국인으로서보다는 그저 한 '인간'으로 키우시려고 노력하셨다. 그러고는 나를 '저기 바깥'에 그렇게 던져놓으셨다. 성역할이나 문화적 정체감에 대한 압력 없이 한 사람으로, 그리고 한 인간으로 그렇게 나 자신의 방식으로 살아나가기를 기대하셨다.

그러나 단일민족을 자랑하는 우리나라는 개인보다는 집단을, 개성보다는 순종을 강요하는 나라다. '튀어나온 못, 망치질 먼저 맞는다'는 말처럼 전체에서 혼자 튀어나오는 개인은 공동체의 효과적인 운용과 순종의 미덕을 위해 마땅히 희생되어야 할 몫이다. 다른 사람들처럼 나 역시 그러한 사회 속에서 나름대로 개별적이 되어보려고 욕심을 부려보았다. 동시에 또 전체와 하나가 되어야 한다는 생각에 마음 깊이 괴로워도 했다. 결국 나는 자유와 다양성이 허용된다는 머나먼 땅으로 건너감으로써 문제를 해결해보려고 했다.

이미 그때 나는 우울증이 심해져 있었다. 내가 원한 것은 내 작은 내면의 세계 속에 안주하는 것이었고, 그러기 위해서는 바깥 세상과의 소통을 최소화할 필요가 있었다. 그러나 일상은 여전히 바깥에 근거하여 사람들과 부딪치면서 살 것을 요구했다. 아늑한 내 세상이 따로 있는데, 매일같이 나는 그 두 현실간을 왔다갔다하는 혼란스런 이동을 참아내야 했다. 하지만 시간이 지날수록 그 둘간의 괴리감은 대책 없이 커져만 갔다. 결국 나는 그 둘 사이를 이어줄 어떠한 매개체도, 일루전도 기대할 수 없었다. 그냥 내 안에만 충실하는 것이 최선이라는 생각이 들 뿐이었다.

그래도 괴롭기는 마찬가지였다. 그래서 나는 아직 그 깊은 뿌리의 정체를 모르는 내 안의 고통에 이유를 찾아주고 그를 정당화시켜야겠다고 느꼈다. 결국 미술치료를 공부하면서 나는 나 자신을 철저하게 심리 분석하고 정신 병리화하는 데 대부분의 시간을 바쳤다. 그러면서 부모의 부족한 양육도 보았고, 문화의 부당한 억압도 보았고, 불안하게 미쳐 날뛰는 사회의 무서움도 보았다. 비판의 눈길은 이제 거기서 한 걸음 더 나아가 내가 정착하고 싶었던 그 자유와 다양성의 나라에까지 뻗쳤다. 다양한 문화가 모자이크처럼 어우러져 사는 사회라고는 하지만 그 각각의 구성 문화에 대해서는 서로 무지하고 배척적이라는 생각이 들었다.

그들이 주장하는 참현실에 맞지 않는 예외는 너무나도 많았다.

그렇게 온갖 회의와 갈등을 가지고 나는 시카고 시립 아동 및 청소년 정신병원에 인턴으로 들어갔다. 그런데 어느 날 나는 서로 다른 배경을 가지고 서로 다른 문제로 고생하는 청소년들에게서 나의 '참얼굴'을 보았다는 생각이 들었다. 꼬집어 말할 수는 없지만 우리 모두는 공통된 무엇을 가지고 있었다. 근본적으로 참을 수 없는 무엇, 결코 치유될 수 없는 어떤 것으로 고뇌하고 있었다. 결국, 숨막히고 죽을 것만 같은 생각에 나는 병원을 뛰쳐나왔다.

그것은 나 자신의 오래된 '성격'이 죽음을 맞이하는 순간이었다. 그것은 나의 단단했던 진실의 성곽이 붕괴되는 시점이었다. 마침내 스물아홉의 몸에 나는 다시 갓난아기로 태어났다. 그 동안 쌓아온 모든 것이 무너지자 심리적으로 다시 어린아기가 되어 있었다. 그때만큼 나약하고, 무기력하고, 희망이 없게 느껴본 적이 없었다.

펄스는 신경증적인 구조는 '네 개의 층으로 형성된 두터운 구조물'이라고 표현했다.[15] 처음의 두 층은 일상의 층으로, 베커가 덧붙인 표현처럼 '어린이가 모방적인 언어를 통해 사회 속에서 어울려 떠드는 것을 배우는 기술'과 같은 것이다. 그것은 '유창한 입담이요 속이 빈 말이며, 진부한 상투어요 역할 배우기'이다.[16] 그 다음으로 갈수록 층은 점점 더 뚫기 힘들어진다. '고유한 방어 기제들을 형성하면서 그 자신이 떨쳐버리려고 노력하는 어떤 감정들'을 교묘히 숨기고 있는 층, 세 번째 층은 '막다른 골목'과 같은 것이다.

치료를 받으면서 부모와 형제들에 대해 내 안 깊숙이 가지고 있던 분노를 처음 발견했을 때 나는 얼마나 당황하고 놀랐던가. 그리고 그를 넘어 융합과 개별화를 갈망하는 나 자신의 근본적인 딜레마를 깨닫게 되기까지에는 또 얼마나 오랜 시간이 걸렸던가.

　　세 번째 층 밑에는 가장 감당하기 힘든 마지막 층이 있다. 그것은 랑크가 말한 존재론적인 문제, 즉 '죽음의 공포'라는 층이다. 펄스는 우리가 이 마지막 층을 탐색하고 난 뒤라야만이 많은 사람들이 너무도 쉽게 언급하는 '진정한 자기'라는 것에 도달할 수 있다고 한다. 아무런 거짓도 가장도 없는, 어떠한 공포에 대한 방어적 몸짓도 없는 '진정한' 자기 말이다.

　　그런데 이 죽음에의 공포는 우리가 여태껏 살펴본 '현실'의 문제를 떠나서는 제대로 해명될 수도, 올바르게 다루어질 수도 없다. 사회 전반 혹은 개개인의 행동상의 모든 비이성적인 현상들의 밑바닥에 이 죽음의 공포라는 것이 과연 존재하는 것일까? 너무나 현실적이고 너무나 과학적인 현대인의 시각에서는 이 같은 공포란 고리타분한 철학적 탁상 공론이다. 앞서가는 테크놀로지의 시대에 이러한 공포를 인정해야 한다는 것은 어딘지 부끄럽고 껄끄럽기까지 하다. 지극히 일상적이고 현실적인 삶의 문제들을 어떻게 그렇듯 추상적이기만 한 공포가 설명해낼 수 있단 말인가?

　　나 역시 아직까지도 이렇게 반문해볼 때가 많다. 그러나 정직하게 돌아보자. 지적이고 정신적인 것에 대한 나의 지나치게 강한 욕구 뒤에는 언제나 그러한 소멸에 대한, 육체가 내게 부여하는 어쩔 수 없는 한계에 대한 공포가 있었다. 지적이고 정신적인 것에 대한 갈망이 너무 지나쳤을 때 신체로서의 내 자신과의 통신은 두절된 적도 있다. 그것은 어찌 보면 내가 바라던 바였다. 세상에 대한 감각적 인식도 감정도 거의 무의미한 것으로서 상실될 때, 현실을 떠나 자유로운 의식의 비행이 가능해지기 때문이다. 육체만 잊을 수 있다면 현실도 무시할 수 있는 것이 아닌가.

심리적 탄생이란 치료사들이 말하는 것처럼 그렇게 바람직한 것만은 아니다. 내 자신의 경험으로 미루어볼 때 그것은 '전부가 아니면 아무것도 아닌' 식의 과정이었다. 완전히 붕괴된 파편들 위에서 옹알이하는 갓난아기로 다시 시작하지 않는다면, 그것은 단순히 자신의 방어벽을 조금 더 잘 수리하고 자신의 오랜 성(城)을 조금 더 단단히 굳히는 것일 뿐이다. 붕괴를 눈앞에 두고 환자들이 거센 저항을 하는 배후의 괴로움을 우리는 진심으로 이해하는 걸까. 그 누구도 그들의 필수적인 거짓말들을 한꺼번에 벗겨내서는 안 된다. 베커가 묻는다.

인간으로 '다시 태어난다'는 것이 무슨 뜻일까? 그것은 자신의 존재 조건 그 자체의 패러독스에 난생 처음 복종하게 되었다는 의미이다. 삶의 모호함을 숨기려는 신경증적인 방패 없이 마침내 그렇게 넙죽 엎드려버렸다는 뜻이다. 진정한 의미의 재탄생이란 실제로는 파라다이스로부터의 추방이다.[17]

정말 그랬다. 원했건 원하지 않았건 치료가 그 자체의 동력으로 완전히 발가벗겨 나를 이 세상에 다시 밀어냈을 때, 거기에는 아무런 희망도 없었다. 개인적으로건 문화적으로건 그 동안 가지고 있던 모든 일루전, 모든 거짓말들을 손 놓으면 삶에는 아무런 빛도 없다.

그래서 나는 그저 나 자신이고 싶었다. 그러나 그럴 수가 없었다. 이

| 이야기 그림 28 | 공포

세상에 내 한몫의 자리를 보증하기 위해서는 다른 이들, 그리고 현실과 타협을 해야만 하기 때문이었다. 그렇다면 참된 진리를 고집하고 싶었다. 그러나 그것 역시 허용되지 않았다. 살아나가기 위해서는 어쩔 수 없이 거짓말이, 희망이 필요하기 때문이었다. 결국 나는 우스운 상황에 빠졌다. 다시 태어나기 위해 '전부가 아니면 아무것도 아닌' 위험한 과정을 거쳤는데, 이 현실에는 '전부가 아니면 아무것도 아닌' 것과 같은 선택은 하나도 없었다. 이것도 저것도 아닌 상황에서 조금씩 조금씩만 취할 수 있었다. 어린아기마냥 나는 매일 낮 매일 밤을 울었다. 그런 내게 시시포스의 이야기는 전보다 더 곤혹스러운 것이었다.

나의 마지막 배움은 이것이었다. '자기 자신이 된다'는 것은 세상과 함께 하는 몸부림이 없으면 성취될 수 없는 것이라는 것. 개인의 존재란 남들이 없으면 존재할 수 없는 것이다. 낮이 있어야 밤이 있듯이, 해가 있어야 달이 있듯이, 그 자신의 반대적인 존재가 있어야만 비로소 그 자신의 존재 의미가 생겨나는 것이다. 자신의 내면에 꿈틀거리는 힘들과의 끊임없는 갈등 속에서, 또한 외부적인 압력들과 하나로 뒹굴며 쉴새없이 격투하는 가운데에서 우리는 비로소 뚜렷한 의식을 가지고 사회 속의 한 개인으로 발전해나간다. 진정으로 창의적인 인간은 자신의 의지를 굳건하게 확인하고 실천하면서 삶에서 주어진 '어쩔 수 없는 것들'을 잘 다룰 수 있는 사람이다. 그리고 그렇게 노력하기 위해서는 우리 두 손에 끊임없는 거짓말과 희망이 있어야만 한다.

　　이것이 명백해지고 나자, 정말이지 아주 오랜 궁리 끝에 나는 처음으

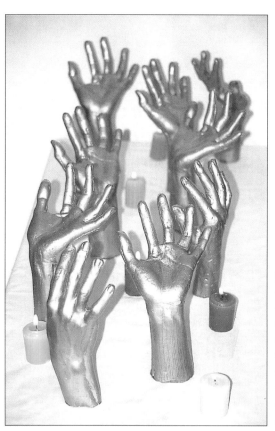

| 이야기 그림 29 | 희망

왁스, 금색 페인트, 테이블, 흰색 테이블보, 초가 쓰였다. 이제부터 나의 치유적인 미술 작업은 '희망'의 필요성을 긍정하는 것이었다. 희망을 향해 뻗는 인간의 손은 자라나기 위해 빛을 향해야 하는 해바라기와 같다. 그것은 성스러운 제단에서 벌이는 의식과도 같은 것이다. 삶을 갈구하는 주문과도 같은 것이다.

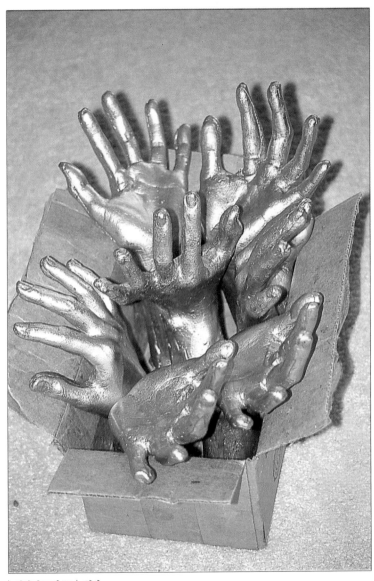

| 이야기 그림 30 | 희망

희망은 어떠한 조건에서도 찾아질 수 있는 것이다. 비좁은 상자를 헤치고 올라오는 손들의 움직임은 그래서 더 처절하게 아름다운 건지도 모른다.

| 이야기 그림 31, 32 | 희망

희망을 갖는 데 가장 큰 힘은 인간관계에 있다. 나만이 아닌 너. 우리 둘만이 아닌 전부. 공동체 안에서
찾아진 희망은 우리가 찾을 수 있는 가장 강력한 희망이다.

로 시시포스에 대한 카뮈의 해석을 제대로 이해할 수 있게 되었다. 그의 영웅성이란 숙명에 의해 강요된 삶을 의도적으로 확인한 그의 행동적인 실천에 있었다. '탄생과 함께 아직은 분명치 않게, 그러나 결정적으로 정해진 것'을 시시포스는 '의도적으로 행동에 옮기고 경험으로 확인' 했던 것이다.[18] 카뮈는 이렇게 말한다.

시시포스가 나의 관심을 끄는 것은 이 되돌아옴, 이 정지인 것이다. 바로 바위 곁에서 괴로워하고 있는 모습은 이미 바위 그 자체이다. 나는 이 인간이 무거운, 그러나 종말을 모르는 고통을 향해 똑같은 걸음으로 다시 내려가는 것을 본다. 호흡과도 같은 이 시간, 그리고 그의 불행처럼 어김없이 되찾아오는 이 시간, 이 시간은 의식의 시간이다. 그가 산꼭대기를 떠나 조금씩 조금씩 신들의 은신처로 내려가는 순간순간에 시시포스는 그의 운명의 면에서 볼 때보다 우세해지는 것이다. 그는 바위보다 더 굳세다.[19]

제4장

어떻게 미술이 도울 것인가?

미술치료에서 미술이 갖는 힘

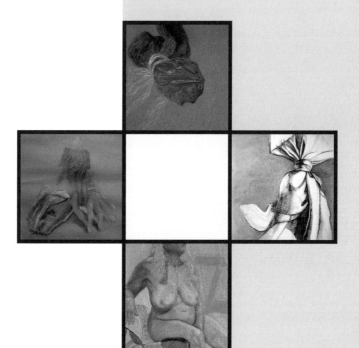

유희로서의 미술

예술이란 애초에 무엇을 위한 것이었을까? '임금님 귀는 당나귀 귀' 하고 소리치듯 자신이 알고 있는 진실을 어딘가에 소리쳐야만 되는 필요에서 시작된 것일까? '나는 이런 사람이요, 이런 것을 느끼고 생각하고 주장하고 싶소, 그러니 제발 그런 독특한 나를 봐주시오,' 주의를 끌기 위함이었을까? 아니면 다른 사람들에게 인정을 받고 칭찬을 받고, 그래서 자신이 창조한 아름다움과 새로움에 가슴 뿌듯한 자신감을 갖기 위함이었을까? 나라별로, 시대별로 주장된 게 다르고 발전해온 모습이 다른 예술의 본질은 진정 무엇일까?

시대의 양식이란 미술의 역사를 일직선상의 발전 개념에 놓고 어떤 능력의 달성과 결점이라는 측면에서 간단히 설명할 수는 없는 것이다. 랑크는 미술의 양식이란 그 시대의 특수한 집단적 이데올로기의 표현이라 했는데, 나는 이 말이 맞다고 생각한다. 한 시대가 강조하고 주장하려는 내용에 구체적이고도 효과적인 형식을 주어 그를 가시화하고 현실화하려는 집단적인 의지가 양식인 것이다.[1] 랑크는 예술에 대한 욕구는 (현대에 와서 그것이 개별적인 작가들의 개인적인 몸부림으로 바뀌기 전까지는) 애초에 집단적인 것이었다 주장한다. 영혼이라는 막연한 개념에 사물의 형상을 줌으로써 그를 객관화하고, 그것이 존재함을 시각적으로 설득시키며, 살아 있는 것들을 상징의 세계에 영구화하려는 문화 초기 집단의 필요에 부응한 노력이었다는 것이다. 인간의 죽을 수밖에 없는 운명을 집단적으로 부정해보려는 노력, 그것이 예술의 최초의 형태였을 수 있다.

　　　많은 사람들이 종교와 예술은 그 시원이 같다고 본다. 생물학적인 삶의 현실을 초월하는, 보다 높은 영역에서 둘은 그 근원적인 정체성을 함께 한다고 말한다. 종교도 예술도 실재하지 않는 것(영혼)을 실재화하고 현실의 것(죽음)을 비현실화하려고 노력했다 할 수 있다. 자연계의 모든 사물에 영혼이 존재한다고 믿은 애니미즘적 신앙이나 신에 대한 종교적 믿음에 있어 예술은 필수적인 것이었다고 랑크는 지적한다.[2] 그들 믿음을 굳건히 하기 위해 예술이 객관적인 형태로 영혼을 제시하고, 신에게도 어떤 인간성을 부여해주어야 했기 때문이다. 예술은 비현실적인 것과 현실적인 것의 한가운데에 서 있는 참으로 묘한 활동이다. 그 속성 자체가 비현실적인 것(정신적인 것)을 현실화하면서 실질적인 재료로 그에 어떤 구체적인 현현(顯現)을 준다. 그러면서도 예술은 그 비현실적인 것의 본질적인 요소를 그 내부에 보유하고 있기도 하다. 플라톤은 예술의 이러한 속성에 대해 다음과 같이 말한다.

　　　참현실이란 '이데아'라고 불리는 관념의 세계다. '이데아'라는 것은 개별적인 모든 존재들의 본질이 영원히 살 수 있는 절대적인 세상이다. 일상의 삶은 그러한 참현실의 그림자이고, 그러한 삶을 근거로 하는 예술은 모방의 모방, 즉 그림자의 그림자일 뿐이다. 그래서 예술은 삶의 거짓을 조장할 수 있으므로 해악한 것이다. 그럼에도 모든 것들은 그것의 근원적인 이데아를 조금씩 분유(分有)하고 있기에 영혼은 직관적으로 자신의 흩어진 아름다움을 알아볼 수 있다. 달리 말하자면, 예술은 그림자 현실의 인위적인 이미지일 뿐이지만, 그 근원이 되는 원정신을 조금은 포착하고 있는 것이다.

결국 플라톤의 이데아가 현실의 한계를 초월하는 관념적이고도 정신적인 것이라고 할 때, 그가 해악한 것으로 보았던 그보다 한참 낮은 등급의 현상인 예술도 그 정신을 어느 정도 계승하고 있다는 말이다. 플라톤의 철학이 서구 사상의 근원을 이루며 아직까지도 많은 이들에게 연구되고 또한 영향을 끼치고 있음을 볼 때, 그의 아름다움의 개념이 영혼의 개념에서 나왔다는 사실 그리고 그것들의 관계가 영원한 삶에 대한 희구(希求)로 나아간다는 점은 흥미롭다. 그리고 무엇보다도 예술이 그러한 희구에 봉사해야 한다는 믿음은 그 시대다운 발상이었다.

그러면 다시 랑크로 돌아와보자. 랑크는 예술 행위를 '놀이'에 비유했는데, 사람들은 놀이를 실제 활동의 단순한 모방이라고만 생각하지만, 랑크는 그에 대해 조금 다른 의견을 폈다. 진정한 놀이의 핵심은, 랑크에 의하면 실재가 아닌 것을 실재화해보는 가상성(假想性)에 있다. 그리고 그러한 놀이를 하고픈 충동은 견디기 힘든 현실에 직면했을 때 더욱 커진다. 그렇다면 놀이를 하는 배후의 진짜 동기는 삶에서 갖는 공포와 불안이라는 말이다.

랭크에 의하면 예술과 놀이의 공통된 특성은 그것이 주는 '쾌(快)'의 감정에 있다. 여기서 유쾌함이란 그것의 가상성을 특별히 의식하지 않고도 실제로 벌어지지 않는 것들을 현실처럼 경험할 수 있는 그것들의 특성에서 나온다. 놀이와 예술은 잠재적 혹은 상징적으로만 살아볼 수 있는 어떤 일루전의 공간을 제공한다. 그리고 이 환영 같은 삶에서 우리는 '실제 삶에서 소모되는 것들을 피할 수'가 있는데[3], 실제 삶처럼 경험하되 그것에서 오는 실제적인 공포로부터는 사실상 안전하게 피할 수 있다는 인식에서 유쾌함이 생겨나는 것이다. 예를 들어, 공포 영화나 잔인한 액션 혹은 전쟁 영화를 생각해보자. 그 자리에서 스크린 위에 펼쳐지는 상황을 우리는 실제처럼 느껴 소리도 치고 비명도 지르지만, 불이 켜지면 다시 밖으로 나와 안전하게 집으로 돌아가리라는 것을 알기에 그것은 궁극적으로 공포가 아니라 유쾌한 감상이 된다.

쾌란 감정은 긍정적인 어떤 것을 확인하는 것에서만 얻을 수 있는 것은 아니다. 정확히 말하면, 공포나 죄책감이 부재하는 상태 그 자체가 바로 유쾌함일 수 있다. 랭크의 표현대로라면, 쾌란 감정은 그가 말한 '부분화' 현상이 성공적으로 일어났을 때 즉각적으로 생겨나는 결과이다. 공포로부터든, 삶으로부터든, 아니면 전체로부터든 자신이 '할애되었다'는 느낌이 곧 쾌인 것이다. 여기서도 삶의 경제성의 원리가 적용된다. 즉, 에너지가 절약되면 될수록 즐거움은 커지는 것이다.

랭크는 가장 순수한 최상의 즐거움은 미학적인 즐거움이라고 말했다. 실제로 주는 것은 하나도 없이 받고 얻는 것만 있기 때문이다. 반면, 프로이트는 '승화'란 개념을 이야기하면서 예술 창작이란 실제 삶에서 얻어질 수 없는 것들을 대리 만족하는 활동이라고 했다. 그러나 랑크는 예술이란 일루전의 공간을 의도적으로 창조함으로써 그 속에서 덜 소모되고 덜 두려우면서도 더 유쾌하고 더 에너지가 넘치도록 삶을 (가능적으로) 경험하기 위한 활동이라 정의한다. 에너지가 남아돌아 창작에 쏟는 것이 아니다. 가상적으로 사는 그 태도 자체가 삶으로부터 에너지를 자유롭게 풀어주는 것이다. 예술은 에너지를 소모시키는 것이 아니라 오히려 에너지를 방출시킬 수 있게 하는 활동이다.

반면, 신경증은 삶과 경험을 최소화함으로써 자기 자신을 보존할 수 있을 것이라는 단순한 믿음에서 나온 해결책이다. 그 맹목적인 축적은 어떠한 기쁨도 주지 않는다. 단지 저축만 하고 있는 것이기 때문이다. 더욱이 기쁨이나 고통의 핵심은 그것의 순간성에 있다. 처음엔 기쁨이었다 하더라도 그것을 연장시키려고 하다 보면 그 강박적인 노력이 기쁨을 오히려 고통으로 변질시켜버린다.[4] 그런 측면에서 신경증적으로 공포를 해결하려는 것은 언제나 고통일 수밖에 없다. 일루전의 영역에서 장난스럽게 가상적으로 한순간을 사는 방법을 모르고 택하는 해결책인 것이다.

이제 랑크는 놀이의 속성을 지닌 예술에서는 비현실적인 것이 믿을 만한 현실로 전환되고, 참현실이 생각도 해볼 수 없는 어떤 것으로 쫓겨갔기 때문에 아름다움이 성취되는 것이라고 말한다. 미(美)란 곧 쾌의 감정이고, 쾌의 본질은 미술의 형식상의 원칙들에 있는 것이 아니다. 구체적으로 현존하는 것에 영혼이라는 추상성을 심는 일 자체에 플라톤의 아름다움이 있듯이, 공포와 불안을 가상적으로만 체험하면서 사실상은 피해가는 속에 즐거움이 있는 것이다. 물론 그렇다고 인간 삶에 드리워진 죽음과 한계의 고통을 완전히 걷어낼 수는 없다. 하지만 최소한 인간 존재의 조건과 딜레마들이 미적인 형식으로 변형되는 속에 삶을 견뎌낼 수 있는 힘이 얻어지는 것이다.

　　그런데 긴긴 문화사를 한번 돌아보자. 예술이 이렇듯 자연의 법칙, 현실의 한계로부터 이탈한 인간의 자유를 상징하는 동안, 인간의 의식은 한편으로 그러한 엄청난 거짓말에 대한 죄의식을 깨우고 있었다. 과학과 논리가 발달하면서 인간의 자의식은 참다운 진실이 무엇인지를 점점 더 강하게 요구하게 되었다. 자연에의 인간의 종속성에 대해 우리 모두 정직해지자고 탄원하기 시작했던 것이다. 랑크는 '미의 이데올로기'와 '진리의 이데올로기'가 부딪치는 접점을 고대 그리스 문화에서 찾았다. 하지만 그곳에서는 둘이 조화롭게 섞여들어 오히려 갈등 자체가 문화의 황금기를 가져오는 원동력이 되었다. 그러나 미와 진리의 갈등은 점차로 인문학의 진로를 결정했고, 마침내 진리의 이데올로기가 승리하는 것으로 끝이 났다. 미의 이데올로기는 예술이라는 축소된 이름으로만 그 명목을 간신히 유지하고 있을 뿐이다.

　　하지만 지금같이 고도로 발달된 사회 속에서도 초현실적인 세계관은 집단 생활 전체의 중요한 부분으로 남아 있다. 근대의 역사를 보더라도 과학이 한창 그 가도를 달릴 때, 신비주의는 언더그라운드에서 더 많은 사람들을 모았다. 논리적인 학문들이 세상의 거짓말들을 벗겨낼 때, 사람들은 오히려 새로운 종교를 찾아 목숨을 바치기도 했다. 반복해서 휴거로 몸살을 앓는 사람들의 심리나, 귀신이나 영혼의 힘을 믿어 현실에 도움을 얻으려는 사람들을 생각해보자. 의학에서도 대체의학이라는 이름으로 신비주의적인 입김들이 불어넣어지고 있고, 물리학과 같은 분야에서도 과학적인 사고 방식 외의 접근들을 계속해서 시도하고 있다.

지극히 현실적이고 점점 더 구체적인 것으로 변해가는 현대의 문화에서 최소한 예술만큼은 '초현실적인 세상의 마지막 유물'로서 인간 정신의 신비로움에 열려 있다. 예술은 다양한 목적을 위해 봉사하지만, 그 목적들은 하나같이 근본적으로 구체적이거나 실용적인 것에 있지 않다. 예술의 일차적인 기능은 현실을 초월하려는 이데올로기들(예로, '사랑'이라든지 '희망'이라든지 '아름다움'이라든지 '영혼'이라든지 하는 것들)을, 만질 수 있고 바라볼 수 있고 파악할 수 있게 하는 데 있다. 따라서 예술이 목표하는 바는 어떤 의미에서든 언제나 정신적인 것일 수밖에 없다.

훌륭한 형식과 자아의 힘

꿈을 분석하면서 프로이트는 인간은 공통적인 근본 동기와 갈등들을 가지고 있다고 했다. 그러면서 예술은 그러한 기본적인 인간적 주제가 '승화'된 다양한 표현들이라고 말했다. 각각의 예술 작품의 차별성은 개개의 작가들이 그 공통된 주제들을 다루는 방식에 있다는 것이다. 다시 말하면, 예술의 내용에는 창의적인 것이 하나도 없지만 그 반복적인 주제들이 다양한 예술 매개를 통해 끝없이 재현되고 다듬어지는 방식이야말로 창의적인 것이라는 말이다.

형식 창조란 단순히 손기술의 문제나 문제해결 능력으로 그치는 것이 아니다. 그에서 보여지는 작가의 창의적 사고의 융통성, 능란함, 독자성, 생산성은 그가 얼마나 강하고 하나로 잘 통합된 자아를 가지고 있는가를 보여준다. 그것은 무의식적인 원망들과 동기들을 절제하고 방출하는 데 필요한 정신의 기능들,

즉 내면의 필요를 현실의 요구에 맞게 조절하고 적응시키며 감정과 경험들을 자기 것으로 만드는 데 필요한 자아의 모든 기능들을 포함한다. 본질적으로 서로 다른 정신적 요소들에 질서를 부여하고, 자아의 통합과 일관성을 해칠 수 있는 서로 대립되는 원망, 생각, 감정들을 화해시켜줄 때 우리는 그를 훌륭한 형식이라 부른다. 형식을 창조한다는 것은 누구나 쉽게 할 수 있는 일이 아니다.

그런데 '형식'이란 말은 미술에서 여러 가지 의미로 사용되는 용어라 특히 주의를 요한다. 우리는 작품 전체를 구성하는 하나하나의 개별적인 형식에 대해 말할 수도 있고, 그 작품의 외관 전체를 지칭하면서 형식이란 말을 사용할 수도 있다. 이 책에서는 후자의 경우처럼 작품의 물리적인 총체를 뜻하는 것으로 쓴다.

형식이란 선택된 재료를 가지고 작가가 사용할 수 있는 모든 종류의 시각적 고안들을 포함한다. 작가는 자기가 표현하려는 것을 가장 효과적으로 나타낼 수 있도록 그들 고안들을 배열하고 조작한다. 어떤 사람들은 직관적으로, 어떤 사람들은 논리적으로 그들을 이용한다. 그러나 누구든지 경험을 통해 자기 나름의 본능적인 구성 감각을 발전시킨다.

보통 형식을 창조한다 함은 선, 형태, 명암, 재질, 색상 등의 시각 요소들을 균형, 비례, 우성, 운동감, 경제성 등의 구성 원리에 입각하여 다양성을 꾀하면서도 조화를 이루는 공간을 구성하는 것을 말한다. 형식 구성의 원리들은 작품을 의미 있게 구성하기 위하여 준수해야 하는 원리들이긴 하지만 절대적인 법칙은 아니다. 융통성이 있는 원리들로, 모든 작품은 그 자신만의 독특한 형식상의 문제점들을 갖는다.

〈도판 29〉는 죽음이라는 주제를 두고 그에 연합된 상징들로써 우리에게 분명한 의식의 수준에서 의미를 전달한다.[5] 이와 같은 보편적인 주제는 누구나 연상할 수 있는 친숙한 감정들로 오히려 작품의 내용을 제한할 때가 있다. 미술에서 내용은 종종 작가와 비슷한 문화와 경험을 가진 감상자들에게로 제한되는 일이 많다. 그런데 그 내용이라는 것은 이미지에만 의존하는 것이 아니다. 그것은 작가가 창조해내는 형식에 의해 더욱 설득력 있게, 그리고 더욱 의미 깊게 보강될 수 있다. 이 사진의 작가도 검정색과 암울한 회색톤, 최소한으로 절제된 재질감 그리고 각도가 낮은 완만한 사선 등을 효과적으로 사용하여 감상자로 하여금 형식을 지각하는 중에 보다 풍부한 의미를, 아마도 전(前) 의식적인 수준에서 추가적으로 받아들이게 만든다.

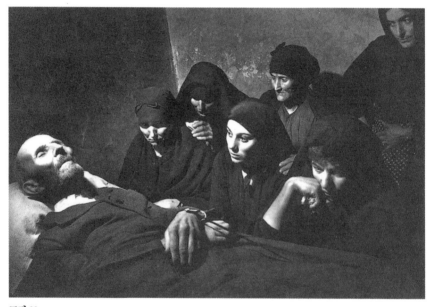

도판 29
〈스페인의 철야제〉, 1951, 스미스(W. Eugene Smith) 작

앞의 예에서도 볼 수 있듯이 주제, 형식 그리고 내용은 미술작품을 창조해내는 데 있어 서로 유기적인 관계에 있다. 그 말은 모든 부분과 기능들이 서로 긴밀하게 함께 움직여줄 때 유기체가 생명을 유지할 수 있듯이, 각 부분과 전체가 '필연적' 관계에 있다는 말이다.

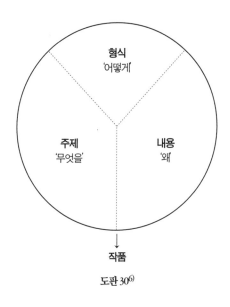

도판 30[6]

작가는 어떤 주제가 주는 특별한 감정들에 이끌려 그를 그려보고 싶어진다. 그려진 '무엇'은 대상물의 재현적인 묘사일 수도 있고 아닐 수도 있다. 작가는 선, 형태, 색 등의 시각적 요소들을 조작하면서 '어떻게' 그를 그리면 가장 좋을까 고민을 한다. 주제와 형식이 시각적으로 일치되어가는 그 긴 창작 과정은 자신이 욕구했던 내용, 즉 애초에 '왜' 그 주제를 택했는가를 표현하는 것으로서

귀결된다. 결국 내용은 작가의 감정을 드러내는 것이라 할 수 있다.

하지만 이 과정은 언제나 순차적으로만 일어나는 것은 아니다. 때에 따라서는 내용이 촉진제의 역할을 하여 주제 설정에 앞서 창작의 계획을 세우게 도 하고, 어떤 경우에는 형식이 서서히 전개되어가는 과정에서 처음의 계획과 달 리 주제가 변경되거나, 결과적으로 내용까지도 바뀌어지는 수가 있기 때문이다.

순서야 어떻든, 우연적 요소가 있든 없든, 작가는 창작 과정 내내 작품 의 모든 부분들이 상호 작용하고 상호 관련되도록 심혈을 기울인다. 그것은 생각 처럼 쉽지 않은 일로 어떤 때는 실망이나 절망으로 끝나기도 하고, 어떤 때는 일 찌감치 포기를 하고 싶도록 만들기도 한다. 그러나 그것이 달성될 때 우리는 훌륭 한 유기적 단일체로서의 작품을 만나게 된다. 거기에는 빼버릴 것도 불필요한 것 도 없고, 더한 것도 덜한 것도 없다. 거기에선 모든 것이 꼭 있어야만 되고, 하나 하나의 요소들은 서로가 어쩔 수 없는 관계에 있다. 이 완벽한 단일체로서의 '전 체성' 이야말로 예술이 추구하는 기본이라고 할 수 있다.

앞서도 언급한 프로이트를 다시 이야기해보자. 정신분석학적으로 볼 때 꿈이란 표출되고자 하는 내용과 그러한 표현을 억제하려는 힘들(방어, 치욕, 죄 책감, 현실 고려 등) 간의 역동적인 상호 작용의 산물이다. 꿈은 보이지 않는 내용 들을 꿈의 스크린 위에 가능한 한 충실하게, 그러나 가능한 한 모든 검색의 눈을 피해 재현해보려고 갖은 전략을 쓴다. 그래서 온갖 상징적 형식을 이용하고, 프로 이트는 그러한 꿈의 작업이야말로 창의적인 작업이라고 부른다.

예술가들이 당면한 문제도 이 꿈의 작업이 당면한 문제와 같다. 검열 은 피하면서도 자신들의 내용을 가능한 한 최고로 충실하게 표현해줄 형식을 찾는 것. 그런데 예술가들의 경우는 조금 더 복잡하다. 자기 자신만을 대상으로 표현하는 꿈과 달리, 예술가에게는 어떻게 하면 자기 자신의 '몽상'들을 다른 사람들과 의사 소통이 가능하게 만들 것인가의 문제가 남아 있기 때문이다. 즉, 자기 내부의 검색자의 거부를 극복하는 일 이외에도 예술가들은 다른 사람들의 주의를 끌고, 그들의 상상력을 동원시키고, 감정을 불러일으키며, 그들의 원망들을 만족시키고, 자극적인 경험들을 제공해야만 하기 때문이다. 자신의 마음 깊숙이 자리잡은 내용을 어떻게 하면 다른 이들의 마음 깊숙이 호소할 수 있을까. 작가는 그 최상의 형식을 찾아야 한다.

자아심리학의 입장에서 창의성을 연구한 것에 의하면[7], 예술가들이 처리하고 피해야 할 검색에는 세 가지 단계가 있다고 한다. 첫째 그 자신이 가지고 있는 방어와 컨트롤, 둘째 다른 수용자들이 가지고 있는 인지방식상의 표면적인 보호 경계선, 셋째 다른 수용자들 내면 깊숙이에 있는 방어와 컨트롤. 여기서 처음과 세 번째 검색은 결국 같은 것으로, 꿈의 작업에서도 부딪치는 것이며 그를 극복하는 전략 역시 꿈에서 채택하는 방식과 비슷하다.

그러나 두 번째 검색은 예술에만 있는 것이다. 그것은 프로이트가 말한 '이차적 과정(secondary process)'이라는 것에 따라 감상자들이 기존의 논리적 사고와 언어의 범주들에 맞게 감각된 내용을 정리, 정돈하려는 경향이라 할 수 있다. 여기서 이차적 과정이란 본능적인 내적 욕구와 현실로부터 강요되는 요구 모두에 귀기울이며 그 둘을 합리적 그리고 효과적으로 조화시킬 수 있도록 문제를 해결하고 판단하는 자아의 능력을 말한다. 감상자들은 거의 순식간에 일어나는 이 같은 정신 활동으로 인하여 문법에 맞지 않는 말, 논리의 법칙에 맞지 않는 이미지들을 '무질서' 하다, 혹은 '난센스' 라고 판단하여 바로 기각해버린다. 예술가의 스타일과 테크닉은 감상자의 주의를 끌면서도, 적당히 속이고 선수를 쳐 그러한 구조적 방어를 이기는 일종의 책략이 되어야 한다.

따라서 좋은 형식이란 앞에 언급한 세 가지 단계의 검색을 모두 거쳐 창조자와 수용자의 내면의 세계가 서로 직접적으로 연락할 수 있게 해주는 형식일 것이다. 이러한 형식은 귀한 것이기에 한 작가가 새로운 창의적 해결책에 성공하면 그와 비슷한 문제를 안고 있는 다른 예술가들도 그를 차용하고 발전시켜 그 시대 혹은 문화 전체의 영구적인 테크닉, 즉 양식으로 만들기도 한다.

그러나 작가의 메시지가 대중에게 닿지 못하도록 방해하는 개인의 혹은 문화 전체의 방어 기제들은 얼마든지 그 형태를 달리하여 나타날 수 있다. 그뿐 아니라 작가가 만족시켜야 하는 대중들의 심리적 필요도 상황에 따라 시시각각 변한다. 결국 예술가들은 새로운 해결책과 돌파구를 끊임없이 찾아야 하고, 그러한 변화의 모색으로 점철되는 예술의 역사는 인간이 창조 활동을 계속하는 한 지속될 수밖에 없는 것이다.

미술의 치유적인 힘을 임상적으로 활용하려는 미술치료의 입장에서 환자 각자에게 그러한 좋은 형식의 의미를 깨닫게 하고, 그를 위해 창의성을 훈련할 수 있는 기회를 제공하는 것은 아주 중요한 일이다. 다른 사람과의 의미 충만한 대화를 위해 기존의 논리적 사고와 언어의 범주들에 맞으면서도 자신의 내용을 충실하게 표현해줄 수 있는 형식을 찾는 것은 일상에서도 끊임없이 요구되는 바이기 때문이다.

그러나 형식에도 여러 가지의 수준이 있을 수 있다. 앞서 말한 좋은 형식을 넘어 이제 훌륭한 형식의 세계로 들어가면 그것은 자아심리학적 입장에서 말하는 자아의 자기 관리 능력을 가리킨다.

여기서 잠깐 '자아(ego)'와 '자기(self)'라는 용어부터 구분해보자. '자기'란 언제나 차원이 다르고, 완성도가 다르고, 정체감의 근원이 다른 여러 가지 모습의 '나'라고 생각하면 된다. 실제의 자기, 이상향의 자기, 사회적 자기, 미성숙한 자기, 성숙한 자기 등 우리가 일상적으로 말하는 수많은 자기의 모습들 말이다. 반면, '자아'란 그보다 좀더 기본적인 어떤 틀이라고 생각해볼 수 있다. 본능과 현실과 이상향의 사이에서 문제를 해결하는 주체로서의 '나', 시시각각 변하는 자기를 구성하는 능력과 힘으로서의 '나' 말이다.

훌륭한 형식은 다양한 모습의 자기를 일관성 있게 통합해보려는 자아의 내부적인 노력이다. 상충되는 사고와 감정들을 재현하면서도 단순하고도 경제적인 방식으로 그들을 하나의 단일체로 화해시키는 변증법적 방식이 예술에서 말하는 훌륭한 형식인 것이다. 다른 식으로는 그것들의 조합이 불가능하고 전체를 뒤바꾸기 전에는 그 형식이 어떤 일부도 재변경할 수 없다는 느낌, 완벽한 형식은 그것이 최후의 어쩔 수 없는 방식이란 느낌을 주어야 한다.

그래서 예술에 있어 '질(quality)'의 문제는 다음의 특성에 따라 평가되곤 했다. 첫째, 보통의 사람들에게는 풀 수 없을 것 같던 문제를 성공적으로 풀었는가. 둘째, 창조된 형식이 원 문제의 모든 요소들의 질서를 잡고 조화시키는 데 어느 정도 성공했는가. 또한 그 해결책이 가능한 최선의 방법으로 보이는가. 셋째, 필요한 최소한의 수단으로 가장 간략하고도 경제적으로 문제를 풀고 있는가.

최근의 자아심리학은 신경증과 창의성 간의 공통된 기제들 및 그들간의 차이점에 관해 자세한 연구를 진행해왔다.[8] 그에 의하면 신경증도 창의성과 마찬가지로 내적 질서와 평형상태를 회복하기 위한 시도임은 분명하다. 그러나 그것은 예술가들의 창의성과는 달리 자신이 겁내는 욕망의 자유로운 표현을 금지하고, 자기 자신을 분해하며, 갈등 상황에 있는 심리적 동기들과 동일시하지 못하여 결국 따로 부류(浮流)하는 결과만을 가져온다. 형식 창조면에서 신경증은 과잉과 반복이 특징이며, 상황을 동결시키려 하는 경향과 변화를 거부하는 경향이 특히 두드러진다.

그와 반대로 창의성은 자신의 형식을 계속적으로 쇄신하고 재구성하려고 시도하며, 옛 문제들에 대한 새로운 해결책을 끊임없이 추구한다. 그것은 일상에서도 적용되는 것이다. 신경증이 과거에 성공적이었던 유아기적 적응 양식으로 역행하여 현재의 내적 평형을 유지하고 현실에 적응해보려는 퇴보적인 해결책인데 반해, 창의성은 한 번도 시도된 적이 없는 새로운 적응 양식을 도전적으로 창조해보려는 진보적인 해결책이라고 할 수 있다.

그렇다고 창의성이 곧 정신건강이라는 단순한 공식이 성립되지는 않는다. 창의적인 예술가라고 신경증이나 정서장애 혹은 정신분열증에 걸리지 말라는 법은 없다. 언제든 창의적인 자아도 방어 기제들을 쓰거나 고질적인 증상들을 보임으로써 최상에 못 미치는 해결책들을 차용할 수 있다. 그들의 성공이란 것도 정신의 다른 영역들에 있는 문제들은 고립시켜놓았거나 억압했거나 분리시켜놓은 채 어느 하나의 문제만을 가까스로 해결한 건지도 모른다. 아니면 신경증적 상태와 창의적 상태 사이를 역동적으로 왔다갔다하면서 한때는 창의적으로 해결되었던 문제를 다른 때는 신경증적 기제로 다룰지도 모르는 일이다. 위대한 예술가들이 일상의 다른 문제에서도 완벽하게 창의적이지는 못한 것이 그 예이다.

그러나 창의적 해결은 정신 건강을 향한 한 걸음이라는 것은 분명하다. 부정하고 억압하고 왜곡하고 단편화하지 않아도 되게 하는, 자신의 내면의 단일한 통합을 깨뜨리지 않고도 자유롭게 표현하고 느끼고 의사소통할 수 있게 해주는 새로운 방법론을 발견하려는 노력, 그것은 그 자체로 건강한 것이다.

자기에 맞게 새로운 경험들을 동화시키는 것, 계속해서 변화되는 경험들에 자기를 맞추는 것 그리고 자기의 결합과 통합을 지속적으로 유지하는 것은 자기를 관리하기 위해 끊임없이 움직이는 자아의 무의식적인 조직 활동이다. 꿈, 명상, 공상 등도 그러한 활동의 하나인데, 이런 활동들은 자기와 자기 자신 간에 일어나는 활동인 데 반해, 예술 활동은 자기와 다른 사람들 간의 경험의 의사소통에 그 목표를 두고 있는 점이 다르다. 바로 그 이유 때문에 예술은 현실과 논리의 구속을 받지 않고 자유분방하게 본능적 충동을 발산시키는 우리의 무의식적 활동에만 근거할 수 없는 활동이다. 그것은 자기 중심적인 '일차 과정(primary process)'과 현실 지향적인 '이차 과정' 간의 조작적인 종합에 근거를 두어야 하는 것이다.

바로 이러한 특성때문에 예술은 자기와 현실 간에 일종의 다리를 놓는 기능을 한다. 자기 규명을 해야 할 필요에 봉사하고, 현실을 자기에 맞게 수정하면서도 자기를 현실에 적응시키고, 자기의 경험들을 다른 사람들과 담화하고 공유할 수 있게 하는 것. 미술이 치유적인 힘을 갖는다고 말할 수 있는 것도 바로 이같은 형식 창조가 정신적 기능에 기여하는 놀라운 영향력 때문이다.

그림이 있는 나의 이야기 넷

미술작업으로 극복해보는 나의 삶

미술을 하는 내게는 스타일상의 몇 가지 문제점이 있었다. 통제하기 쉬운 드로잉 재료를 선호하는 재료면에서의 한계도 있었지만, 무엇보다도 나는 사실적인 그림만 그렸지 상상력에 의존하거나 추상적인 과정을 거쳐야 하는 작업에는 늘 불안하고 불편해했다. 또한 작품을 전체적으로 조망하면서 부분들을 전체 속에 파악하고 통합하는 것도 어려움으로 느껴졌다. 사실적인 데생을 해도 한 부분을 완벽하게 끝내고 다른 부분으로 옮아가야 직성이 풀리지, 작품을 전체적으로 다듬는 시각 따위는 애초에 생각도 해볼 수 없었다. 어느 한쪽도 완성되지 않은 채 미완의 상태에 머물러 있어야 한다는 것은 내겐 견디기 힘든 일이었다.

그런데 문제를 알아도 스타일은 수정하기가 힘들었다. 단순히 오래된 습관이어서가 아니다. 그것이야말로 나라는 사람의 성격이요, 세상을 다루는 방

식이었기 때문이다. 나는 우선 그러한 한계를 극복하고 싶었다. 내가 성격상 갖기 힘든 시각, 내가 성격상 갖기 힘든 태도를 배워보고 싶었다. 그래서 기초 페인팅부터 다시 시작했다. 그 수업은 언제나 앞에 준비된 정물들을 정해진 시간 내에 재빠르게 그리는 식으로 이루어졌다. 담당 선생님은 부분적으로는 미완성이더라도 전체적으로 조화롭게 작업이 진행될 것을 강조하셨다. 그러면서 색도 기초 색 세 가지만 가지고 혼합하여 쓸 것을 당부하셨다. 당연히 나는 시간마다 어려움을 겪었다. 테이블보의 그림자 하나, 그 멋지게 늘어진 주름 자락들 하나하나에 넋을 잃다 보면 어느새 정해진 시간이 다 지나버렸다. 기초 색만으로 풍부한 색감을 만든다는 것도 힘들었다. 하물며 흰색과 검은색도 쓸 수가 없게 되어 있었다. 내가 그린 그림들은 모두 주제와 배경이 따로 놀았고, 색의 톤도 부드럽게 흐르지 않고 툭툭 끊겼다.

어느 날 선생님은 일부러 정물 테이블을 치우고 그것들을 배경 속에 모두 흩어놓으셨다. 처음으로 나는 대상과 환경과의 긴밀한 관계에 대해 조금 터득할 수가 있었다(〈그림 36〉). 그리고 그 다음에는 배경 없이 정물 전체가 화면 가

| 이야기 그림 34, 35 |
정물 그림

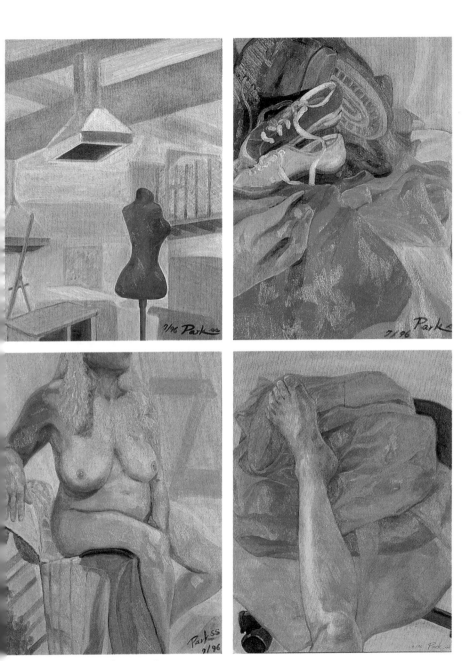

이야기 그림 36, 37, 38, 39 │ 정물 그림

득 그려지게 연습을 시키셨다. 이제야말로 내 그림에서 화면 전체가 하나의 흐름으로 자리잡히기 시작했다. 개개의 개체들은 효과적인 전체를 위한 부분일 뿐 두각을 나타내려고 자리 다툼을 하는 주인공이 되어서는 안 되었다(〈그림 37〉). 그러고 보니 각각의 형태들이 조금 더 기본적인 형태로 뭉뚱그려져도 예전처럼 불편하게 느껴지지 않았다. 이제 나의 시각엔 모든 것이 똑같은 중요성으로 각각의 아름다움을 가지고 들어왔다. 그것들은 한 공간 속에서 긴밀한 관계를 가지고 서로의 의미를 풀어내고 있었다.

　　그 다음 나는 기초 조각도 다시 들었다. 금속에서부터 석고 뜨기, 주물 뜨기, 왁스 작업 등등 여러 가지 재료를 골고루 다루어볼 수 있는 좋은 기회였다. 사실 재료가 바뀔 때마다 나는 새로움에 대한 들뜸보다는 두려움이 앞서는 걸 느꼈다. 낯설음 때문에 왠지 모든 것이 통제 불가능한 것처럼 느껴졌다. 흐물흐물 녹은 왁스 하며, 마음먹은 대로 휘어주지 않다가 어느 순간 용접기 불똥에 뚝하고 부러지는 강철심 하며, 한 번의 실수가 영원한 실수도 될 수 있는 여러 작업들이 여간 긴장되는 게 아니었다. 그러나 성격에 맞지 않는다고 투덜댔던 그들 재료들과 씨름을 하면서 어느새 나는 그것들의 특성을 내 것으로 소화시키고 있었다. 특히 용접이 재미있었다. 철심을 두들기고 때리면서 서서히 내 마음대로 휘는 것도 흥미로웠고, 잘못되었다 싶으면 얼마든지 다시 이을 수 있는 융통성도 마음에 들었다.

　　지하실 작업장, 무서운 가스 용접기, 둘둘 몸을 감싼 긴 작업복과 마스크. 그런데 그 살벌한 환경과 철이라는 강한 재료가 오히려 내겐 그 정반대의 이미지를 품게 했다. 갑자기, 내게 늘 아픔이었던 내 여성으로서의 몸을 표현해보고

싫어졌다. 위험한 상황에서 얼마
든지 희생물이 될 수 있는 내 연
약한 여자의 몸이 열에 굽혀지고
불꽃에 잘려나가 조금씩 형태를
만들어나갔다. 부피가 없게 일부
러 선으로만 묘사된 그 몸은 무방
비 상태로 두 다리를 벌리고 고개
를 젖히고 있었다. 성적인 자세이
든 아기를 낳는 진통의 모습이든,
그 모습은 나의 한계로서의 여성
(femininity)이었다. 나는 그것을
내 방에 갖다놓고 지나다닐 때마
다 한 번씩 건드려보곤 했다. 복
잡한 심경에서 만든, 의외로 간단

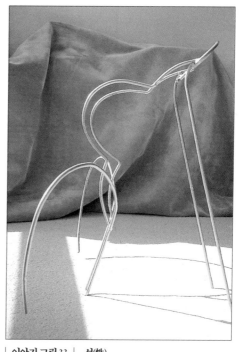

| 이야기 그림 33 | 성(性)

한 작품이었기에 그것이 내게 주는 감정이 무엇인지를 정확히 볼 수는 없었다. 하
지만 쇠로 만들어져 방 한구석에 꿋꿋이 그렇게 서 있는 그 모습은 시간이 지날수
록 내게 하나의 위안이 되는 나의 일부였다.

　　　사실 내게 미술치료의 진정한 효과를 보게 한 사람들은 학교에서 운
좋게도 만난 실기 선생님들이었다. 훌륭한 강사진으로 유명한 우리 학교는 강사
들 나름대로 제안하는 독특한 수업 내용도 인상적이지만, 학생들 스스로 자신의

문제점을 찾아나가며 잠재되어 있는 자신의 최고 능력을 끄집어내게끔 자극하고 격려하는 교수법이 그 공통된 특색이다. 강사들은 언제나 개별적 상담에 적극적이고, 누구든 기술적인 어려움을 겪을 때면 그를 타개해나갈 수 있도록 자신의 모든 지식과 경험을 동원하여 돕는다. 수업은 단순히 교수와 학생의 일 대 일 관계로 진행되는 것이 아니라 그 학기에 '숙명처럼' 모인 학생들이 서로 자극이 되고, 영향을 주고받으며, 토론하고 논쟁하는 분위기를 핵심으로 하여 이루어진다. 그것은 거의 집단 치료적인 경험으로, 리더격인 교수의 능란한 진행 덕에 학기말쯤에는 모든 구성원들이 자기만의 색깔을 고유한 방식으로 찾아낸다.

그런 이유로 나는 미술교육과 미술치료의 긴밀한 관계에 관하여 많은 생각을 해왔다. 보통 미술교육은 결과에 초점을 맞추고, 치료는 과정에 더 초점을 맞춘다고들 말한다. 사실 치료실에선 작품의 완성률이 높지도 않고, 또 그것이 치료의 달성 목표도 아니다. 그러나 미술교육을 작품 완성 위주로만 볼 수는 없다. 이 세상에 과정 없는 결과란 없기 때문이다. 굳이 차이를 찾는다면 미술교육에선 주제, 즉 작품의 내용에 대해서는 크게 주목하지 않으며, 그를 어떻게 이해할 것이며 또한 교육적 측면에서 그를 어떻게 이용할 것인가는 별로 연구하지 않는다는 점일 것이다. 덧붙여 교육의 장에서는 칭찬의 원리와 경쟁의 심리가 교육의 효율적 측면으로 작동하고, 그 기저에는 언제나 '좋은 작품'에 대한 제도적 개념이 자리하고 있다는 것도 차이랄 수 있겠다.

그러나 앞서 설명한 훌륭한 형식에서도 보았듯이 치료에서도 지향해나가야 할 '좋은 작품'이라는 것이 있게 마련이다. 말하고 표현하고자 하는 바를 효과적으로 옮겨줄 언어를 찾는 훈련은 치료에서도 아주 중요하다. 물론 치료실에서는 최대한의 자유와 허용이 필요하다고 믿는 게 일반적인 추세이다. 그래서 자신감을 고취시키고 동기를 부여하기 위해 많은 치료사들이 습관적으로 칭찬을 하기도 한다. 그러나 작품의 내용에만 초점을 맞추고 그것이 어떤 형식을 어떻게 취하는지에 대해 무관심해도 된다는 말은 아니다. 형식의 중요성은 교육계의 몫만은 아니다.

예로, 모든 작가는 창작 과정에서 자신의 스타일을 보인다. 스타일은 자기 자신의 성격을 반영하며 상당 부분 정형화된 부분을 갖는다. 정형화되었다 함은 새로운 경험이나 환경이나 변화에 재적응하며 꾸준히 성장하기를 어느 시점에서 그쳤다는 말이다. 미술의 형식적 교육을 주장하는 미술치료계의 노장 크레이머(Edith Kramer)는 이러한 정형화는 치료적인 차원에서 고쳐져야 한다고 믿고 있다.9)

실제 임상에서 스타일상의 문제점을 보완하게끔 이끄는 것은 상당히 중요하다. 예로, 에너지가 넘쳐났던 청소년 환자가 있었다. 병원에 들어오게 된 약물 중독이란 문제점이 거의 해결되어 퇴원을 시키는 문제가 거론되고 있을 때, 미술치료사인 내가 보기에 그녀는 스타일상 아직도 어느 정도 정돈과 절제가 필요했다. 무절제함이 작품 속에서 극에 달했다고 느꼈을 때, 그녀는 그만 병원에서 탈출해버렸고 자신의 원래 문제로 보람없이 되돌아가버렸다. 두드러진 스타일상의 특징이 보일 때 그것을 작가의 성격이나 질환상의 문제점으로 연결시켜 생각해보게 이끄는 것도 치료사에게 요구되는 중요한 기술이다. 스타일을 잘 보면 그 사람의 문제 해결 방식이 보이는 것이다.

또 다른 예로, 망상으로 가득 찬 정신분열증 환자가 있었다. 그의 특징은 다른 정신분열증 환자에게서 자주 볼 수 있는 것처럼 판독해내기 힘든 어려운 기호들의 난무였다. 그런 그에게는 의미 있는 해석이라든지 통찰의 효과 따위는 기대할 수 없다. 어느 정도 다른 사람들과의 상호 관련성에 흥미를 보이기 시작할 때 그에게는 실제를 (정물이건 인물이건, 혹은 실제 벌어지고 있는 상황이건) 그리게 시킬 수 있어야 한다.

　　미술치료에서 '좋은 작품' 이란 자신의 내적인 내용들을 효율적인 형식으로 객관화시킨 작품일 것이다. 풍부한 해석을 가능하게 하고 다른 이들과 공감대를 형성할 수 있는 작품, 이것은 단지 내용상의 문제는 아니며 형식상의 교육이 수반되어야 할 문제이다. 그런 뜻에서 미술치료는 정신의학 쪽보다는 미술교육에 더 상통되는 것 같다. 이상적인 세계에서는 치료적인 교육, 교육적인 치료가 우리가 바라는 것일 것이다.[10]

　　나에게도 미술교육은 치료적인 것이었다. 기초 조각 다음에 들은 실기 수업은 찰흙에의 비전통적인 접근을 모색하는 수업이었는데, 나는 그때까지 석고 뜨기나 도자기를 만들 때를 제외하고는 한 번도 그렇게 많은 양의 흙을 마음껏 주물러본 적이 없다. 그런데 흙이야말로 내게는 최악의 재료였다. 마음먹은 대로 움직여주지 않는 것은 둘째치고, 잘 되었다 싶어도 다음에 가보면 터지고 깨지고 너무나 많은 우연에 영향을 받는 재료였다. 나는 이런저런 소품들을 만든 후 기말에 제출할 작품을 구상해야 했다. 간신히 축축하고 끈적끈적한 느낌에 익숙해진 정도라 아직도 흙의 성질이 내 것같이 느껴지지 않아서 별로 큰 작품에 도전할 자신이 없었다.

　　그러던 어느 날이었다. 집에 돌아와보니 아침에 미처 쓰레기통에 버리지 못하고 간 오렌지 껍질이 방바닥에 말라 비틀어져 있었다. 나는 그 형태가 너무나 기묘해서 한참이나 바라보았다. 윤기 나게 보유하고 있던 속즙을 빼앗겨 안과 밖이 뒤집어지도록 비틀린 모양이었다. 부드러운 속살의 털은 까칠까칠한 비늘이 되어 있었고, 예쁜 오렌지색 바깥은 곰팡이 기운이 여기저기 보이는 누런 색으로 변질되어 있었다. 그런데 그것은 더욱 단단해져 있었다. 너무나 단단해서 뚝 소리 나게 부러질 정도였다. 뜯겨진 몸체를 오히려 꿋꿋한 다리 삼아 하늘을 향해 높이 딛고 서 있는 그 껍질의 모습이야말로 내가 만난 모든 사람들, 아니 내 자신의 참모습일지도 모른다는 생각이 들었다. 그래서 그것을 만들어보고 싶었다. 마르면서 단단해지는, 거기에 구우면 더 단단해질 수 있는 찰흙으로 작업을 하면 그 조그만 껍데기가 조금씩 변화된 과정을 그대로 좇을 수 있을 것 같았다. 그러면 그 과정을 지켜보는 나도 간접적으로나마 강해진다는 것이 어떤 것인지 느낄 수 있지 않을까.

　　　　하지만 작업은 쉽지 않았다. 바닥에 닿지 않고 높이 일어선 중심에서 얇고 긴 껍질들이 바닥까지 극적으로 늘어져 있어야 하는데, 그러한 모양에는 힘을 받쳐줄 중심이 없었다. 거대한 몸부림에 맞게 크기를 확대시키려고 하니 어렵기는 더했다. 코일로 감아도 보고, 얇은 찰흙판으로 붙여도 보고 별의별 방법을 다 써보았다. 그러나 나의 거대한 몸짓은 언제나 무너지고 또 무너질 뿐이었다. 그것이 주는 상징적인 절망은 의외로 큰 것이었다. 그래서 그런지 마침내 몸살이 나기 시작했다. 하는 수 없이 몇 주 결석을 하고 오랜만에 다시 작업장에 갔다. 방법은 하나, 이왕이면 하나의 몸짓으로 구워보고 싶었지만 어쩔 수 없이 그 거대한 팔다리들을 잘라 따로따로 빚었다. 안쪽의 거친 피부는 큼직하게 찢은 종이로 찰

| 이야기 그림 41, 42 | 말라 비틀어진 오렌지 껍질

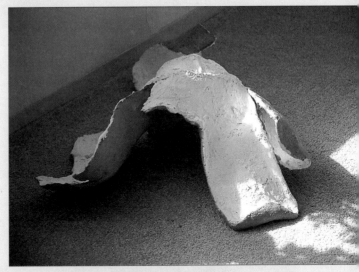

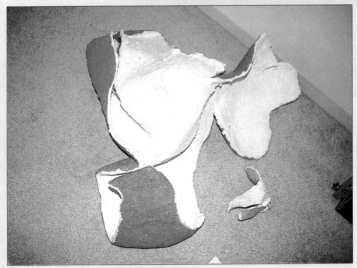

| 이야기 그림 43, 44 | 살고 싶은 의지

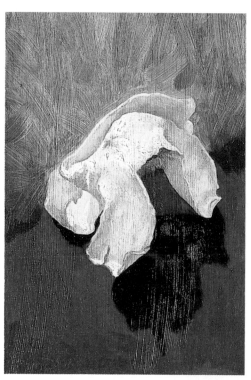

| 이야기 그림 45, 46 |
반복해서 그린 '살고 싶은 의지'

흙 죽을 만들어 한 꺼풀 위에 입혔다. 바깥의 오톨도톨한 살갗을 위해서는 표면에 자잘한 돌조각들을 박았다. 그러고는 따로 가마에 구워 도기용 접착제로 붙였다. 대충 1미터 길이에 높이가 50센티미터 정도 되는 커다란 껍질이었다.

결과는 만족스러웠다. 전시를 할 때도 차가운 콘크리트 바닥 한쪽 구석에 아무렇게나 버려진 듯 던져놓았는데 그 몸짓은 조용한 방안에서 소리 없이 울렸다. 나는 그 작품에 너무도 애착이 강해서 혹시나 누가 흠이라도 낼까 철저하게 감시를 하곤 했다. 귀국할 때는 1년간 함께 작업한 심리치료사에게 미국에 다시 돌아오겠다는 징표로 그것을 나의 분신인 양 남기고 오기도 했다.

다음에 내가 한 작업은 학기 내내 '자연'이라는 커다란 주제하에 드로잉 시리즈를 만드는 것이었다. '자연'이라는 것이 어디서부터 어디까지를 말하는 것일까 우선 고심해야 했는데, 이제 관건은 시각의 변화도, 재료와의 싸움도 아니라 특정한 주제에 대한 개념의 발전에 있었다.

나는 살아내려는 인간의 모든 활동을 자연으로 볼 수는 없을까 궁금해졌다. 인간의 육체가 소재가 된다면 그것이 어떤 인간적인 거동을 취하든 그 주제에 포함될 수 있을 것 같았다. 조금 더 추상적인 몸짓으로 구체화해보리라. 재료는 일부러 한 번도 써보지 않은 재료를 골랐다. 드로잉 재료 중에서 그래도 조절이 쉽지 않은 파스텔이었다. 나는 아이디어를 구하기 위해 틈틈이 잡지의 사진들을 뒤적였다. 어딘가 순간적으로 포착된 내가 찾는 몸짓이 있을 것이다.

그런데 눈에 들어오는 것들은 하나같이 패션 사진이나 광고에서 모델들이 입고 나오는 근사한 옷들의 주름이었다. 겉포장 위로 은근히 혹은 노골적으로 드러나는 몸체에 드라마틱하게 그의 움직임을 표현해주는 주름들. 처음에는

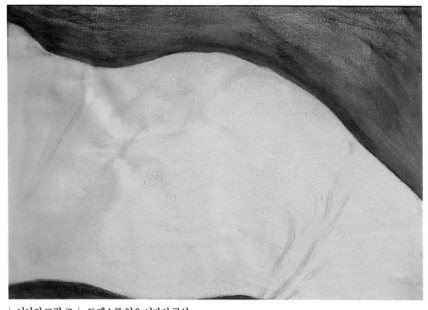

| 이야기 그림 47 | 드레스를 입은 여자의 곡선

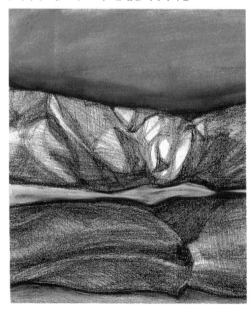

| 이야기 그림 48 |
청바지를 입은 두 다리

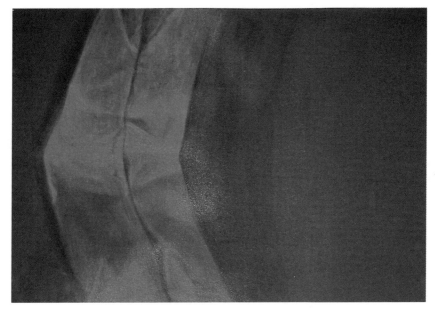

그저 매력적이라는 생각에 옷 주름에만 신경을 쓰며 그림을 그렸다. 그것에 어떤 개념, 어떤 메시지를 담을 수 있을 것인가는 모르고 말이다.

　어떨 때는 꼭 붙들어맨 천의 매듭에도 관심이 갔다. 하루는 베일 뒤에서 시들어가는 꽃도 그려보았다. 그러나 정작 내가 원하는 모습이 어떤 것인지 감이 오지 않았다. 그러다가 우연히 옷자락을 잡아당기는 두 손을 그렸는데, 드디어 손이야말로 내가 원하는 표정을 다양하게 줄 수 있겠다는 생각이 들었다.

　이후 나는 여러 가지 손의 모습들을 창조했다. 보자기에 싸인 주먹, 껍

| 이야기 그림 50 | 매듭

| 이야기 그림 51 | 베일에 가려진 장미

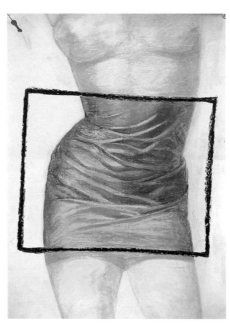

| 이야기 그림 52 |
명백한 성격

질들을 벗어버리고 혹은 껍질들이 벗겨져서 구원을 요청하는 것 같은 손, 서로 땅을 딛고 일어서려는 것 같은 붕대를 감은 두 손, 말아놓은 천이 풀어지면서 언뜻 비치는 새파랗게 질린 손, 비닐 랩을 씌운 빨간 손과 젖은 휴지들로 말아놓은 노란 주먹 등등.

　어느 날인가는 화장실에서 쓰이는 검은색 쓰레기용 비닐 봉투로 손을 동여매보기도 했다. 손바닥을 앞으로 하여 누워 있는 그 손은 거의 질식할 것 같은 모습이었다. 그 검은 비닐이 마음에 들어 이번에는 손들을 여럿 집어넣어 보았다. 비좁은 공간에서 들리는 손들의 아우성. 내게 늘 아픔이 되었던 사람들의 신음과 고통을 그렇게 아름다운 형태와 색채 속에 담아둘 수 있음은 큰 위로가 되었다. 최소한 그림을 보면서 그 몸짓들을 평생 잊지 않을 것이기 때문이었다.

　나 자신을 위한 미술치료는 마지막 학기에 들은 실기 수업에서 끝을

| 이야기 그림 53 |
울타리에 걸린 빈 청바지

| 이야기 그림 54 |
주머니에 손을 넣고 두 팔을 뻗은 모습

│ 이야기 그림 55 │
방어벽

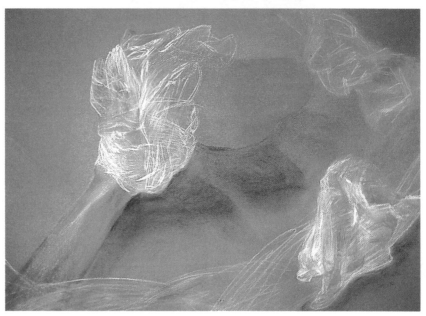

│ 이야기 그림 56 │ 껍질과 몸부림

우리들의 영웅적인 걸음

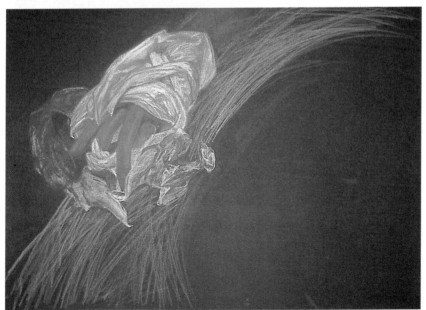

| 이야기 그림 58 | 나는 미친 것인가

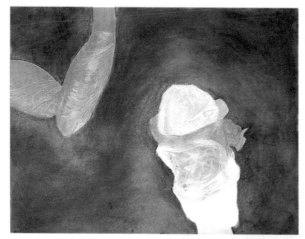

| 이야기 그림 59 |
방어와 공격

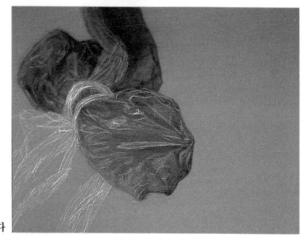

| 이야기 그림 60 |
진실은 때로 우리를 숨막히게 한다

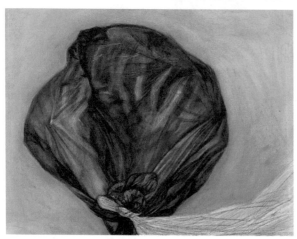

| 이야기 그림 61 | 너와 나

맺었다. 내게 필요한 것은 이제 단순한 고통의 외침을 넘어 인간의 몸부림이 정신적인 수준으로 아름답게 승화된 모습이었다. 마침 내가 들은 수업은 전통적인 페인팅 재료와 기법들을 재경험해보는 수업이었다. 이전의 위대한 작품들 중에서 마음에 드는 것들을 골라 그것이 그려진 재료 그대로 재생산해보는 것이었다.

　　　첫 과제는 템페라였다. 계란 흰자에 안료 가루를 섞은 그 재료는 더운 날씨 때문에 금세 역겨운 냄새를 풍겼다. 세필 작업이라 하루 종일 책상에 고개를 박고 작업을 해야 했다. 번들거리며 붓질이 밀리는 바람에 아무리 열심히 칠해도 성과는 느렸다. 큼직큼직 표현적인 붓질에만 익숙하던 내게 그것은 참을성과 인내를 가르치는 고행의 작업이었다. 하지만 나의 감정적인 표현은 조금씩 절제되고, 그리는 대상의 순수한 느낌만이 화면 위로 떠올랐다. 작업이 느려서 작품은 미완성으로 끝났지만, 그 시간은 내게 자기를 감추는 혹은 자기를 비우는 연습과도 같았다.

　　　그 수업에서 한 나의 마지막 작품은 앞으로 해나갈 내 작업의 시작이기도 한 성자 시리즈의 첫 그림이다. 종교화를 연구하면서 선생님은 자신의 경험에 비추어 시중에서 구할 수 있는 모든 유화물감 회사에서 투명도가 가장 높게 제작되었다고 생각되는 물감들을 선별해주셨다. 그 귀한 물감들을 이용하니 내가 꿈꾸어오던 종교적인 것 혹은 정신적인 것을 어느 정도 표현할 수 있었다. 형상에서 투명하게 올라오는 '빛'을 잡아낼 수 있었기 때문이다.

　　　나는 성(聖) 세바스찬의 아름답게 일그러진 얼굴을 그렸다. 혼자 질문하고 답하면서 내가 걸어온 이 긴 여정에서 얻은 마지막 결론이 시각적으로 표현된 모습이었다. "내가 짊어지고 가야 할 이 고통은, 그것을 하나의 위대한 기회로

| 이야기 그림 62, 63, 64 |
고행의 길

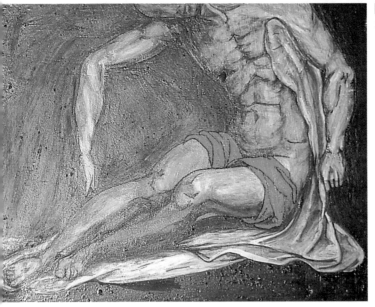

적극 받아들이고 소화해낼 수만 있다면, 더 이상 괴롭기만 한 고통은 아니야." 내가 갖는 마지막 희망, 믿을 만한 거짓말은 그 성자의 얼굴에서 보이는 평화, 그것이었다.

| 이야기 그림 65 | 성자

나오는 말

이 책 사이사이에 삽입된 그림이 있는 나의 이야기들은 개인적으로나 학문적으로나 하나의 길고긴 여행과 같았다. 나 자신을 괴롭히던 존재론적 질문들에 답을 해줄 논리적이고 체계적인 어떤 것을 찾아 나는 대양을 건넜다. 하지만 오히려 엄청난 혼란을 겪었고, 결국엔 붕괴하고 말았다. 부서진 파편들 위에서 나는 세상을 보았고 사람들의 발버둥을 보았다. 그리고 갓난아기의 식욕으로 랑크의 이론을 탐식하기 시작했다. 자기 창조에 대한 그의 가르침을 받아들였고, 나도 창조적인 유형으로 거듭나겠다고 마음을 먹었다. 무너진 그때, 나의 모든 창의성과 의지를 강화시키는 일만이 살아남을 수 있는 유일한 길인 것 같았다.

그런데 이 사회에서 자아를 강화시킨다는 것은 시시포스와 같은 부조리한 영웅이 되겠다고 결정하는 것과 같다. 현대의 시시포스들은 신에 대한 자신의 정신적인 필요를 경멸하고 그들을 내쳐버린 것에 대한 하늘의 처벌에 의식적으로 대항하려 한다. 의도적으로 자신들에게 내려진 선고를 살아내면서 자신의 강인함과 창의적인 잠재력을 증명하려고 한다. 이 시대에는 사실 이러한 방법밖에는 없는지도 모른다. 우리는 부조리하더라도 영웅이 될 수밖에 없을 것이다. 다시 떨어질 운명임에도 자신에게 주어진 삶을 다하기 위하여 제 몫의 돌을 밀어 꼭대기에 들어올리는 초인적인 의지.

그러나 마지막에 가서 내가 도달한 결론은 자기 자신의 독단적인 창조가 궁극적인 문제의 해결책은 될 수 없다는 것이었다. 나의 고민도, 다른 사람들의 고통도 그저 단순한 개인의 문제만은 아닌 것 같았다. 그것은 '인간성'의 발달 그 자체에 깊이 뿌리를 둔 어떤 문제가 이 시대에 집단적으로 표현된 증상처럼 보였다.

강한 의지만이 우리들에게 요구되는 것은 아니다. 현대의 시시포스에게 진정 필요한 것은 자신의 정상을 올려다볼 수 있는 보다 큰 시야, 돌을 올려놓았을 때를 상상할 수 있는 희망과 비전, 다시 굴러 떨어진다 해도 또다시 일으켜 세울 수 있을 거라는 믿음과 같은 것들이리라. 그리고 그것들은 개인보다 더욱 힘 있는 '전체', '초월적'인 어떤 것, 존재하지는 않지만 '절대적'이라고 불리는 것들, 환상적이지만 위안이 되는 '거짓말' 들이 있을 때 가능한 것들이다. '가족', '사회', 몸바치게 하는 '이데올로기들', '신', '사랑', '정의', '평화' 예전에 우리가 소중하게 가졌던 것들 말이다.

그러나 내가 끝까지 매달렸던 분석적인 심리학은 내게 아무것도 주지 못했다. 극도의 자의식으로 진실을 파헤치게 하며 내 삶이 필요로 하는 모든 주술들을 앗아가버렸다. 랑크는 개인주의적인 우리 문화가 이데올로기적으로 완성된 최후의 결과가 심리학이라고 했다. 물론 그러한 심리학도 우리가 잃어버린 이데올로기와 사라진 영혼을 인간의 무의식과 생물학적인 본성에서 찾아주려고 최선을 다했다. 그러나 요소요소로 쪼개어 분석하는 그것의 방법론적 과정에서 심리학이 발견한 것은 오히려 핑크빛 살점이 뜯겨나간 우리 존재의 해골이었다. 하지만 인간은 움직이는 뼈다귀가 아니다. 우리는 층층이 씌운 껍데기와 베일을 자랑하는 영혼의 소유자이다. 우리는 초자연적이고도 비현실적인 세계에서 사는 아름다운 동물이다. 우리에게는 거짓말이 필요하다. 참현실과 진리를 '겁주어 쫓아내는' 마법과 같은 것이 필요하다. 우리들이 땅 아래 주저앉았을 때 다시 바라보고 무거운 삶을 감히 들어올릴 수 있게 해주는 아름다운 정상이 필요하다. 그것은 다시 바닥으로 내려와야 할 때도 마술처럼 새롭게 주어질 수 있는 어떤 숭고한 눈가림이어야 한다.

시시포스의 언덕에서 나는 심리학적 진실에 의존하여 최선을 다해 정상까지 기어올라갔다. 그 꼭대기에 서면 진실이 보일 거라 생각해서였다. 결과적으로 그 꼭대기에서 나는 아무런 눈가림도 없이 완전한 냉정함으로 세상을 둘러볼 수 있었다. 그런데 세계는 너무 거대했고 삶은 지나치게 압도적이었다. 결국 나는 그 길고도 험한 여행길에 올랐던 맨 처음의 자리로 다시 내려가야만 했다. 나와 현실을 이어줄 그 '어색한 꽃묶음'이야말로 내게 있어 절대적으로 필요한 것이었다. '라일락의 향기'와 '봄비의 달콤함'은 내가 결코 거부하지 말았어야 할 삶의 장려금이었다. 종교, 예술, 사랑이 내가 살아야 할 이유였다. 일루전의 세계를 펼쳐줄 그 모든 치유적인 이데올로기들이 바로 이 세상의 아름다움이었다.

심리학은 그 방법론상 우리에게 진정으로 필요한 것들을 줄 수 없을 것이다. 심리학과 심리치료는 애초부터 서로 목표가 다른 별개의 것이었는데 내가 그것을 몰랐던 건지도 모른다. 심리학은 현실을 파헤치는 데 목표를 두는 학문이고, 심리치료는 현실 위에 벗겨지지 않을 아름다운 반창고를 덧대는 일이다. 전자는 삶의 뒷면을 보는 이론이고, 후자는 삶을 위한 실천이다.

이 책의 모든 생각을 가능하게 한 많은 환자들 중에 내겐 특별히 잊혀지지 않는 환자가 하나 있다. 미국에서 인턴 시절 만났던 그는 친부에게 성적으로 폭행을 당해 심한 심리적 외상으로 고생을 하던 아주 재능 있고 똑똑한 소녀였다. 그 아이는 늘 혼자서 그림을 그렸다. 그 속에서 모든 분노와 절망을 버리고, 또 그 속에서 끊임없이 희망을 찾으며, 그렇게 늘 그림을 그렸다. 어느 날 병원에선 내게 그 소녀를 맡으라 했고, 두 달여 간의 그와의 미술치료는 내게 가장 힘들고 괴로운 작업이었다. 미술과 심리학의 의심스러운 합병에 도전하면서 그 아이는 내가 여태껏 미술치료가 가지고 있을 것이라고 믿었던 힘에 온힘으로 반발했다. 결국 그 소녀와의 작업은 내가 그 동안 품고 있던 모든 혼란에 마지막으로 얹은 돌이 되어버렸다.

　　보통의 재능과 보통의 성격을 가지고 있는 환자들과의 작업은 비교적 성공적일 수 있다. 감정이입을 잘하는 우리가 옆에서 따뜻하게 함께 있어주는 것만으로도 그들은 기분이 좋아질 수 있다. 미술 작업을 통해 무료한 시간을 뜻깊게 활용하고, 자신의 창작에 대해 자부심도 갖고, 어떤 말을 하면 좋을지 모르는 상황에 적절한 표현을 주는 것만으로도 치료는 '꽤' 성공적일 수 있다. 그러나 창의적인 예술가와 자의식 강한 신경증형의 경계선에서 고생하는 재능 있고 고집 센 사람들은 미술치료사에게는 커다란 도전이다. 아마도 그 소녀는 미술치료사라는 이름표를 단 나의 불행한 쌍둥이였는지도 모르겠다. 우리 둘 다 진실이 무엇인지를 알고 있었고, 미술이란 것이 어떤 것인지도 알고 있었다. 수년이 지난 지금도 내 귀엔 그녀의 마지막 외침이 생생하다.

　　"미술이 곧 나예요. 선생님은 내게서 그것을 뜯어내려고 해요. 나를 발가벗기려고 해요. 그것이 없이는 나는 죽어 있는 것과 같아요. 여기 가슴 깊숙이 죽어 있는 거예요."

　　나는 이 책을 그 소녀에게 바치려고 썼다. 그녀가 정작 필요로 했던 일루전을 주지 못했던 나 자신에 대한 죄책감이 나를 조금 더 나은 치료사로 성장시켰음에 감사하면서.

　　이제 나는 예술과 심리학은 함께 작업할 수 없다고 결론짓고 싶다. 랑크도 말했지만, 그 둘은 문화 발달의 정반대의 끝에 각각 놓여 있는 것 같다. 예술은 인간 역사의 시작과 함께 출발하여 집단적이고 정신적이고 일루전적인 것을 위해 봉사해온 반면, 심리학은 진리에 대한 강박적인 추구로 달려온 우리 시대의 마지막 이데올로기인지도 모른다. 예술과 종교가 허락했던 아늑하고 평화로운 옛 둥지에서 쫓겨난 우리들의 연약한 두 어깨에 무거운 진리를 개별적으로 되던지는 게 심리학이 하고 있는 일이다.

　　그렇다면 미술치료사들은 누구인가? 예술과 심리학 둘 다에 의존해보려는 우리는 실패한 예술가인가, 아니면 실패한 과학자들인가? 눈부신 발전을 거듭해온 미술치료학의 짧은 역사 속에서 우리 미술치료사들이 아직 성찰하고 있지 못한 한 가지는, 우리는 지금 철저한 진리의 추구자도 아니고 그렇다고 위대한 마술적 창조자도 아니라는 사실이다. 미술치료사로서 나는 이렇게 시인해야겠다. 예술을 통해 영혼의 고통을 한마음으로 이해할 수 있다는 주장과, 그러면서도 흡수하기에 바쁜 거창한 심리학적 지식들 사이에서 오히려 그 둘이 서로서로를 억압하고 견제하는 혼돈을 경험하고 있는 것은 아닌가 하고.

미술치료의 진정한 정체성을 혼란스럽게 만드는 것은 바로 이 두 세계의 결합에 있다. 혹시 내가 하고 있는 이 미술치료가 이 시대에 남아 있는 유일한 집단적 창조력을 그 한쪽 끝으로 마저 몰아내려는 과학적 이데올로기를 대표하고 있는 건 아닐까? 그렇다면 우리 미술치료사들은 이 무정부주의적인 문화의 희생양인지도 모르겠다. 하지만 만약 그렇지 않다고 한다면, 우리 미술치료사들이야말로 이 문화의 마지막 단계를 새로운 문화의 시작으로 잇는, 즉 처음과 끝의 연결 고리 역할을 할 수 있는 사람들인지도 모른다. 자신의 꼬리를 물고 있는 뱀, 문화 발달의 거대한 순환을 완성지을 수 있는 위치에 미술치료가 제대로 서 있어야 된다. 그것은 발전에 역행하는 모습이 아니다. 전체 순환을 다시 시작하면서도 우리는 여전히 앞으로 나아가고 있는 것일 수도 있다. 막다른 골목에 도달한 것 같은 우리의 절망적인 느낌은 그러한 나선형 발전에의 참다운 기대로 변형될 수도 있다.

이러한 잠재적인 역할을 수행하는 데 있어 나는 미술치료가 심리학보다는 미술교육에 더 가깝게 서서 일해야 한다고 믿는다. 랑크도 교육의 중요성에 한 권의 논문을 바쳤다. 교육이란 이데올로기적 답습과 혁신을 동시에 가능하게 하는 것이다. 교육학이 심리학적 방법론과 개인주의적 원리들을 맹신하지 않는다고 한다면, 그리고 그것이 정책이 제시하는 현실에 이리 흔들리고 저리 흔들리지 않는다고 한다면, 교육과 예술은 현 문화에서 가장 중요한 역할을 수행할 수 있을 것이다. 미술교육과 미술치료는 서로 반목적인 관계에 있어서는 안 된다. 그렇다고 서로 무관심한 상태에 있어서도 안 된다. 정신 건강에 대해 우리 시대가 그 어느 때보다도 많은 관심을 보이고 있는 지금, 이 둘은 건강의 참다운 기본 환경을 제공할 수 있도록 함께 힘을 모아야 한다.

하지만 미술 창작의 치유적 효과가 아무리 강조된다 해도, 치료사와의 관계적 힘에 혹은 다른 사람들과의 더 큰 집단적 힘에 그것이 놓여져 있지 않다면, 미술치료가 가지고 있는 잠재력은 반밖에 쓰이지 못하는 셈이다. 치료 상황에서의 관계적 힘을 강조하는 현대의 추세는 어떻게 보면 현대의 일상에서 우리가 잃어가고 있는 어떤 것을 채워보려는 시도라고도 할 수 있다. 그렇게 멀지 않은 옛날 사회에서, 혹은 아직도 그렇게 개인주의적이지 않은 문화권에서는, 우리의 환자들이 돈을 주고 인위적이요, 기법적인 치료에서 얻고 있는 것을 친구나 가족, 교회의 지도자 혹은 학교의 선생님들로부터 얻을 수 있었다. 그때는 심리학이나 정신치료는 불필요한 것으로 여겨졌고 멀리 해야 할 어떤 것으로 배척되었다. 개인들간의 넘어설 수 없는 분명한 경계, 개인의 프라이버시와 권리, 개인의 자유

등에 대한 이 사회의 강조는 심리치료에의 요청과 함께 자라나는 것인지도 모른다. 예술과 종교, 그리고 진정한 교육이 창조할 수 있는 새로운 믿음과 삶의 아름다운 '거짓말'에 개개인의 고통을 경감시킬 수 있는 인간의 참다운 관계가 더해진다면, 나는 그것이야말로 최대의 치유적 힘이 된다고 믿는다.

　　　미술치료는 사람과 사람을 엮고, 참현실 속에서 자신의 처절함을 넋놓고 바라보는 대신 마술적인 희망과 바라보아야 할 정상을 다시 찾는 일을 돕는 작업이다. 문화적으로도 꼭 필요하고 개인적으로도 도움이 되는 미술치료의 진정한 역할이 무엇인지, 세상의 구석에서 조용히 고민하는 사람들에게 이 작은 책이 쓸모가 있었으면 좋겠다.

주 해설

● 제1장

1) 『동아 새국어 사전』, 서울 : 두산동아, 1994.

2) E. B. Goldman, *Sensation & Perception*, CA, Belmont ; Wadsworth Publishing Company, 1989 (3rd).

3) 위의 책, p. 7.

4) J. E. Dowling & B. B. Boycott, "Organization of the Primate Retina," Proceedings of the Royal Society of London, 1966, 166B, pp. 80~111.

5) B. R. Bugelski & D. A. Alampay, "The Role of Frequency in Developing Perceptual Sets", Canadian Journal of Psychology, 1961, 15, pp. 205~211.

6) R. Leeper, "A Study of a Neglected Portion of the Field of Learning : the Development of Sensory Organization", Journal of Genetic Psychology, 1935, 46, pp. 41~75.

7) J. G. Benjafield, *Cognition,* NJ : Englewood Cliffs : Prentice-Hall International, Inc., 1992, p. 16.

8) J. Morgan & P. Welton, *See What I Mean? : An Introduction to Visual Communication*, NY : Edward Smold, 1992 (2nd). p. 78.

9) 미셸 푸코(김부용 역), 『광기의 역사』, 서울 : 인간사랑, 1991.

10) Kathy Weingarten, *Cultural Resistance : Challenging Beliefs about Men, Women, and Therapy,* NY : Harrington Park Press, 1995.

11) 윌슨 브라이언 키(박해순 역), 『성과 미디어 : 의식조작의 시대』, 서울 : 동문선, 1996.
   장 보드리야르(이상률 역), 『소비의 사회 : 그 신화와 구조』, 서울 : 문예출판사, 1991.

12) E. Becker, *The Denial of Death,* NY : The Free Press, 1973. Preface에서 재인용.

13) O. Rank, *Truth and Reality,* NY : W. W. Norton & Company, 1978.

14) 위의 책.

● 제2장

1) W. Rubin (Ed.), *"Primitivism" in 20th Century Art : Affinity of the Tribal and the Modern, Vol. I & II,* NY : The Museum of Modern Art, 1984.

2) G. Braque, *Arts primirifs dans les ateliers d' artistes,* Paris, 1967, p. 13.

3) D. Vallier, *Henri Rousseau,* New York, 1962, p. 104.

4) Art Brut Museum, 주소 : 11, av. des Bergières, CH-1004 Lausanne, Switzerland. 전화 : 021-37-54 - 35.

5) <u>Arts Magazine, 1979, April, 53(8)</u>, pp. 156~157.

6) 존 맥그리거가 개인적으로 소장하고 있는 1976년 8월 뒤뷔페와의 대화 기록에서 발췌. J. M. MacGregor, *The Discovery of the Art of the Insane,* NJ, Princeton : Princeton University Press, 1989, p. 302에서 재인용.

7) J. Dubuffet, "Honneur aux valeurs sauvages", in *Prospectus aux amateurs de tout genre,* Paris, 1946, p. 206.

8) 미국 미술치료 협회(American Art Therapy Association)는 1969년 공식적으로 출범했다.

9) A. Rothenberg, *Creativity and Madness : New Findings and Old Stereotypes,* Baltimore : The Johns Hopkins University Press, 1990.

10) K. R. Jamison, *Touched With Fire : Manic-Depressive Illness and the Artistic Temperament,* New York : Free Press, 1993.

11) C. Lombroso, *Genio e follia*, Milan, 1864.

12) 그 중 영향력이 컸던 인물들만 들자면 프랑스의 폴-막스 시몽(Paul-Max Simon), 미국의 윌리엄 노이에(William Noyes), 독일의 한스 프린츠혼(Hans Prinzhorn)과 에른스트 크리스(Ernst Kris), 그리고 스위스의 발터 모르겐탈러(Walter Morgenthaler) 등을 들 수 있다.

13) O. Rank, *Beyond Psychology*, NY : Dover Publications, 1958.

O. Rank, *Psychology and the Soul*, NY : A Perpetua Book, 1961.

O. Rank, *Art and Artist : Creative Urge and Personality Development*, NY : W. W. Norton & Company, 1989.

14) J. Dubuffet, "Heinrich Anton M", in *Prospectus et tous les crits suivants*, 1967, 1, Paris, pp. 269~270.

15) J. Dubuffet, "Place a l' incivisme", *in Prospectus et tous les crits suivants*, 1967, 1, Paris, p. 454.

16) O. Rank, *The Trauma of Birth and Its Importance for Psychoanalytic Therapy*, NY : Harcourt, Brace & Co.,1929.

● 제3장

1) E. Becker, *The Denial of Death,* NY : The Free Press, 1973, p. 23.

2) O. Rank, *Will Therapy,* NY : Alfred A. Knopf, 1950, p 123.

3) A. Janov, *The Feeling Child,* NY : Simon and Shuster, 1973.

4) B. M. Randolph, "Birth and Its Effects on Human Behavior", Perspectives in Psychiatric Care, 1977, 15(1), pp. 20~26.

5) A. J. Levin, "The Fiction of Death Instinct", Psychiatric Quarterly, 1951, 25, pp. 257~281.

6) O. Rank, *Will Therapy,* NY : Alfred A Knopf, p. 122.

7) E. Becker, *The Denial of Death,* NY : The Free Press, 1973.

8) J. O. Y Gasset, *The Revolt of the Masses,* NY : W. W. Norton, 1957, pp. 156~157.

9) O. Rank, *Truth and Reality,* NY : W. W. Norton & Company, 1978, p. 33.

10) Ernest Becker, *The Denial of Death,* NY : The Free Press, 1973, p. 50.

11) 위의 책, pp. 50~51.

12) A. Maslow, "Neurosis as A Failure of Personal Growth", Humanities, 1967, 3, pp 153~169.

13) 알베르 카뮈(이수림 역), 『시지프스의 신화』, 서울 : 문예출판사, 1986, pp. 156~168.

14) 위의 책, p. 9.

15) F. Perls, *Gestalt Therapy Verbatim*, CA, Layfayette : Real People Press, 1969, p.

16) E. Becker, *The Denial of Death*, NY : The Free Press, 1973, p. 57.

17) 위의 책, p. 58.

18) O. Rank, *Art and Artist : Creative Urge and Personality Development*, NY : W. W. Norton & Company, 1989, p. 65.

19) 알베르 카뮈(이수림 역), 『시지프스의 신화』, 서울 : 문예출판사, 1986, p. 158.

● 제4장

1) 랑크는 Alois Riegle의 '예술욕(the will-to-art)'의 개념을 '형식욕(the will-to-form)'으로 전환하여 같은 맥락에서 이야기를 풀어나가고 있다. 리글의 책 중에서도 *Stilfragen*(1893)에 특히 많은 영향을 받았다고 한다.

2) O. Rank, *Art and Artist : The Creative Urge and Personality Development,* NY : W. W. Norton & Company, 1989, p. 15.

3) 위의 책, p. 106
.

4) O. Rank, *Truth and Reality,* NY : W. W. Norton & Company, 1978, pp. 88~89.

5) O. G. Ocvirk, R. E. Stinson, P. R. Wigg, R. O. Bone & D. L. Cayton, *Art Fundamentals : Theory and Practice,* McGraw-Hill, 1998(8th), pp. 12~13.

6) 위의 책, p. 14.

7) P, Noy, "Form Creation in Art : An Ego-Psychological Approach to Creativity", <u>Psychoanalytic Quarterly, 1979, 48(2)</u>, pp. 229~256.

8) S. Arieti, *Creativity : The Magic Synthesis,* Basic Books, 1976.

A. Ehrenzweig, *The Hidden Order of Art : A Study in the Psychology of Artistic Imagination,* LA : University of California Press, 1967.

9) E. Kramer, "The Problem of Quality in Art" , Bullitin of Art Therapy, 1963, 3, pp. 3~19.

   E. Kramer, "The Problem of Quality in Art Ⅱ : Stereotypes", Bullitin of Art Therapy, 1967, 6, pp. 151~171.

Edith Kramer, "The Art Therapist' s Third Hand : Reflections on Art, Art Therapy and Society at Large", American Journal of Art Therapy, 1986, 24, pp. 71~86.

10) F. Cane, *The Artist in Each of Us,* NY : Pantheon Books, 1983. 그러한 교육과 치료의 이상적인 접목을 구상하는 이들에게 플로렌스 케인(Florence Cane)의 훌륭한 실례들은 감동적일 것이다.